U0937691

把烦恼写在沙滩上

林清玄 著

北京出版集团公司
北京十月文艺出版社

目 录

○ 壹

快乐无忧是佛

○ 贰

把烦恼写在沙滩上

○ 叁

处处莲花开

○ 肆

把快乐种在心里

○ 伍

以欢喜心过生活

○ 陆

走向生命的大美

○ 壹 快乐无忧是佛

如意

从前在寺庙里看过一尊文殊师利菩萨，白玉雕成，十分晶莹剔透，相貌庄严中有一种温柔安详之美，连他坐的青狮子都是温柔地蹲踞着。

更引人注意的是，他手里拿着一个巨大的如意，从左肩到右膝那样巨大地横过胸前。我从小就喜欢如意的样子，看到如意，总让我想起天上的两朵云被一条红丝线系着，不管云如何飞跑，总不会在天空中失散。

所以，当我看到文殊菩萨手里拿着巨大如意时，心里起了一些疑惑。文殊菩萨是象征智慧的菩萨，他通常是右手持宝剑，表示要斩断烦恼；左手拿青莲，象征智德不受污染。为什么这尊文殊，却拿一个这样大的如意呢？

如果从名字来看，文殊是妙的意思，师利是吉祥的意思，因此文殊师利也是“妙吉祥”的意思，那么他手持如意也就没有什么可奇怪的了。

这是我从前的看法，几年以后我才悟到文殊为什么手里要拿如意。虽然经论上说如意是心的表象，所有的菩萨都可以拿它，可是手拿智慧之剑主司智慧的文殊菩萨，手里拿着如意就有很深刻的象征了。

它象征：唯有有智慧的人，才能如意！

它象征：智慧才是使我们事事如意的法宝！

它象征：唯有智慧，才能使我们妙吉祥！

这是多么伟大的启示！一般人总是要求生活里事事如意，事事顺随我们的意念与期待去完成。可是在现世里，事事如意竟是不可能完成的志业。从人类有历史以来，就很少有人能依照自己的意念去生活，即使贵如帝王，也有许多不能如意的苦恼。那是因为我们通常把如不如意看待成事物所呈现的样貌，而忘记了如意"盖心之表也"，如意是心与外在事物对应的状态。

我们从世俗的眼光来看，如意本来的名字也叫"搔杖"，是古人用来搔背痒的工具，因为它可以依人的意思搔到双手搔不到的地方，所以叫作如意。"搔杖"是鄙俗的，"如意"便好听得多，由于它的造型特殊，竟发展成吉祥的象征。古代帝王，常常把最好的玉刻成如意，逐渐使如意远离了搔杖，成为中国最高高在上的艺术品。

其实，如意原是如此，当我们智慧开启的时候，往往能搔到手掌不能触及的黑暗的痒处；当我们有了智慧，就能如如不动地以平常心去对待一切顺逆困厄，然后才能事事如意。

原来事事如意不是一种追求，而是一种反观。因为，如意的“意”字，不在外面，而在里面，是一切生活乃至生命的意念之反射，我们如果能坦然面对生活，时常保持意念的清净，事事如意才是可能的。

对意念的反观，不仅是如意的完成，也是最基本的修行，这使我们想到达摩祖师的“大乘入道四行”。他指出进入大乘道的四种修行，一是报冤行，二是随缘行，三是无所求行，四是称法行。

“报冤行”就是当我们受苦的时候，意念上要想这是我无数劫来因无明所造的冤憎，现在这些恶业成熟了，我要甘心忍受，不起冤诉，这样就能“逢苦不忧”。

“随缘行”就是遇到什么胜报荣誉的事，要知道这只是因缘，是因为过去种了好的因，今天才得了好报，因缘尽了就没有了，有什么好欢喜的呢？这样想就能“得失从缘，心无增减，喜风不动，冥顺于道”。

“无所求行”就是“世人长迷，处处贪着，名之为求。智者悟真，理将俗反，安心无为，形随运转”。因为了达万有都是空性，所以能舍弃诸有，息想无求，这样就能“有求皆苦，无求乃乐”。

“称法行”就是把性净之理目之为法，知道自性清净，不受染着、没有分别，信解这个道理去做就是称法行。当我们了达自性清净，那么修行六度而无所行，则能自行，又能利他，庄严菩提的道路。这样就能“法无众生，离众生垢故；法无有我，离我垢故”。

达摩的“四行观”一向被看成中国习禅解脱法的要义，但如果我们把它落实到生活中，他讲的不就是使我们“事事如意”的方法吗？事事如意的本质并不在永远有顺境，而是在意念上保有清明来加以转动，这正是“境由心造”。

与其追求外境的如意，不如开启智慧的光明来得有用了。

如意正如它的造型，是红线上系的两朵白云，我们抓住红线，白云就能任我们转动，不至于失散隐没于天空。“意”是云，“如”是红线。

“有智慧的人才能事事如意”正是文殊菩萨手持如意的最大启示！

快乐真平等

有一个社团来请我演讲，令我感到意外的是，参加这个社团的人至少都拥有上亿的财富。

我从来没有为这么有身价的人演讲过，便询问来联络的人："这些有财富的人要知道什么呢？"

"因为他们拥有太多的财富，有一些人已经失去快乐的能力！"

"怎么会呢？有钱不是很好的事吗？"我感到疑惑，可能是我从未想象有那么多财富，因而无从理解。

"会呀！一般人如果多赚一万元会快乐，对有十亿财产的人，多赚一百万也不及那样快乐。有钱人吃也不快乐，因为什么都吃过了，不觉得有什么特别好吃；穿也不快乐，买昂贵衣服太简单，不觉得穿新衣值得惊喜；甚至买汽车、买房子、买古董都是举手之劳，也没有喜乐了。钱到最后只是一串数字，已经引不起任何的心跳了。"

不只如此，这位有钱人的秘书表示，富有的人由于长时间地养尊处优，吃过于精致的食物，缺乏体力劳动，健康普遍都亮起黄灯和红灯，高血压、心脏病、糖尿病者比比皆是。

他说："林先生，到底有什么方法可以让有钱的人也得到快乐，拥有健康的身心呢？"

这倒使我困惑了，这世界上似乎有许多的药方以及祖传的秘方，却没有一种是来治愈不快乐的，如果有人发明了这种秘方，他可能很快变成富有的人，连自己都会因财富而失去快乐的能力了。

我时常觉得，这世界在最究竟的根源一定是非常公平的，这不只是由于因果观点，而是一个人在一生中所能享有的福气有限，一旦在某方面有所得，在另一方面必然会有所失。虽然一个人也可能又有财富、又有权势、又有名声、又有健康、又有娇妻美眷、又能快乐无忧，但这种人千万不得一，大部分人都是站在跷跷板上，一边上来，另一边就下去了。

对于富人的问题，宋代思想家林逋在《省心录》中说："安乐有致死之道，忧患为养生之本。"又说："心可逸，形不可不劳；道可乐，身不可不忧。"意思是在生活上适度地欠缺，其实是好的，适度地劳动或忧患，不仅对人的身心有益，也才能体会到幸福的可贵。《左传》里说得更清楚："善人富谓之赏，淫人富谓之殃。"（和善清净的人富有了，是上天的奖赏；纵欲淫邪的人富有了，正是灾祸的开始。）

清朝的魏源在《默觚下》中说："不幸福，斯无祸；不患得，斯无失；不求荣，斯无辱；不干誉，斯无毁。"对得失与代价的关系说得真好。生活的喜乐也是如此，想想幼年时代物质缺乏严重，不管吃什么都好吃，穿什么新衣都开心，换了一床新棉被可以连续做一个月的好梦——事实上，在最欠缺的时候，一丝丝小小的得，就有无限的幸福；什么都不缺的时候，却是幸福薄似纱翼的时候呀！

我很喜欢李商隐的两句诗："欲就麻姑买沧海，一杯春露冷如冰。"（我想从麻姑仙子那里把沧海买下来，没想到她的沧海只剩下一杯冰冷的春露。）我们在人生历程的追求不也如此吗？财富、名位都只是一杯冰冷的春露！

但富人不是不能快乐，只要回到平凡的生活，不被财富遮蔽眼睛，发掘出人的真价值，多劳作、多流汗；培养智慧的胸怀，不失去真爱与热情，则人生犹大有可为，因为比财富珍贵的事物多得是。

如果埋身于财富，不能解脱，那么"末大必折，尾大不掉"（树枝末梢太粗大，树干一定折断；动物的尾巴太大了，就不能自由地摇动了。语出《左传》），如何能有快乐之日？心里不自由，身体自然难以健康了。

不过，我对富者的建议，可能是不切实际的，因为我不是富人，无从知悉他们的烦恼。

假如富人也还是人，我的意见就会有用了。站在人本的立场，这世间的快乐和痛苦还真平等呢！

有情生

我很喜欢英国诗人布雷克的一首短诗：

被猎的兔每一声叫，
就撕掉脑里的一根神经；
云雀被伤在翅膀上，
一个天使止住了歌唱。

因为在短短的四句诗里，他表达了一个诗人悲天悯人的情怀，看到被猎的兔子和受伤的云雀，诗人的心情化作兔子和云雀，然后为人生写下了警语。这首诗可以说暗暗冥合了中国佛家的思想。

在我们眼见的四周生命里（也就是佛家所言的“六道众生”）是不是真是有情的呢？中国佛家所说的“仁人爱物”是不是说明着物与人一样的有情呢？

每次我看到林中歌唱的小鸟，总为它们的快乐感动；看到在天际结成人字一路南飞的北雁，总为它们互助相持感动；看到喂饲着乳鸽的母鸽，总为它们的亲情感动；看到微雨里比翼双飞的燕子，总为它们的情爱感动。这些长着翅膀的飞禽，处处都显露了天真的情感，更不要说在地上体躯庞大、头脑发达的走兽了。

甚至，在我们身边的植物，有时也表达着一种微妙的情感，或者更确切地说是机缘和生命力。只要我们仔细观察那些在阳光雨露中快乐展开叶子的植物，感觉高大树木的精神和呼吸，体会那正含苞待开的花朵，还有在原野里随风摇动的小草，都可以让人真心地感到动容。

有时候，我又觉得怀疑，这些简单的植物可能并不真的有情，它的情是因为和人的思想联系着的，就像佛家所说的“从缘悟达”。禅宗里留下许多这样的见解，有的看到翠竹悟道，有的看到黄花悟道，有的看到夜里大风吹折松树悟道，有的看到牧牛吃草悟道，有的看到洞中大蛇吞食蛤蟆悟道，都是因无情物而观见了有情生。世尊释迦牟尼也因夜观明星悟道，留下“因星悟道，悟罢非星，不逐于物，不是无情”的精语。

我们对所有无情之物表达的情感也应该作如是观。吕洞宾有两句诗：“一粒粟中藏世界，半升铛内煮山川。”原是把世界山川放在个人的有情观照里，就是性情所至，花草也为之含情脉脉的意思。正是有许多草木原是无心无情，若要能触动人的灵机则颇有余味。

我们可以意不在草木，但草木正可以寄意；我们不要叹草木无情，因草木正能反映真性。在有情者的眼中，蓝田能日暖，良玉可以生烟；朔风可以动秋草，边马也有归心；蝉噪之中林愈静，鸟鸣声里山更幽；甚至感时的花会溅泪，恨别的鸟也惊心……何况是见一草一木于性情之中呢？

常春藤

在我家巷口有一间小的木板房屋，居住着一个卖牛肉面的老人。那间木板屋可能是一座违章建筑，由于年久失修，整座木屋往南方倾斜成一个夹角，木屋处在两座大楼之间，益形破败老旧，仿佛随时都会倾颓散成一片片木板。

任何人路过那座木屋，都不会有心情去正视一眼，除非看到老人推着面摊出来，才知道那里原来还有人居住。

但是在那断板残瓦南边斜角的地方，却默默地生长着一株常春藤，那是我见过最美的一株。许是长久长在阴凉潮湿肥沃的土地上，常春藤简直是毫无忌惮地怒放着，它的叶片长到像荷叶一般大小，全株是透明翡翠的绿，那种绿就像朝霞照耀着远远群山的颜色。

沿着木板壁的夹角，常春藤几乎把半面墙长满了，每一株绿色的枝条因为被夹壁压着，全往后仰视，好像往天空伸出了一排厚大的手掌；除了往墙上长，它还在地面四周延伸，盖满了整个地面，近看有点儿像还没有开花的荷花池。

我的家里虽然种植了许多观叶植物，我却独独偏爱木板屋后面的那片常春藤。无事的黄昏，我在附近散步，总要转折到巷口去看那棵常春藤，有时看得发痴，隔不了几天去看，就发现它完全长成不同的姿势，每个姿势都美到极点。

有几次是清晨，叶片上的露珠未干，一颗颗滚圆的，随风在叶上转来转去。我再仔细地看它的叶子，每一片叶都是完整饱满的，没有一丝残缺，而且没有一点儿尘迹；可能正因为它长在夹角，连灰尘都不能至，更不要说小猫小狗了。

我爱极了长在巷口的常春藤，总想移植到家里来种一株，几次偶然遇到老人，却不敢开口。因为它正长在老人面南的一个窗口，倘若他也像我一样珍爱他的常春藤，恐怕不肯让人剪栽。

有一回正是黄昏，我蹲在那里，看到常春藤又抽出许多新芽，正在出神之际，老人推着摊车要出门做生意，木门咿呀一声，他对着我露出了善意的微笑，我趁机说："老伯，能不能送我几株您的常春藤？"

他笑着说："好呀，你明天来，我剪几株给你。"然后我看着他的背影背着夕阳向巷子外边走去。

老人如约送了我常春藤，不是一两株，是一大把，全是他精心挑拣过、长在墙上最嫩的一些。我欣喜地把它种在花盆里。

没想到第三天台风就来了，不但吹垮了老人的木板屋，也把一整株常春藤吹得没有了影踪，只剩下一片残株败叶，老人忙着整建家屋，把原来一片绿意的地方全清扫干净，木屋也扶了正。我觉得怅然，将老人送我的一把常春藤要还给他，他只要了一株，他说："这种草的耐力强，一株就要长成一片了。"

老人的常春藤只随便一插，也并不见他施水除草，只接受阳光和雨露的滋润。我的常春藤细心地养在盆里，每天晨昏依时浇水，同样也在阳台上接受阳光和雨露。

然后我就看着两株常春藤在不同的地方生长，老人的常春藤愤怒地抽芽拔叶，我的是温柔地缓缓生长；他的芽愈抽愈长，叶子愈长愈大；我的则是芽愈来愈细，叶子愈长愈小。比来比去，总是不及。

那是去年夏天的事了。现在，老人的木板屋有一半已经被常春藤覆盖，甚至长到窗口；我的花盆里，常春藤已经好像长进宋朝的文人画里了，细细的垂覆枝叶。我们研究了半天，老人说：“你的草没有泥土，它的根没有地方去，怪不得长不大。呀！还有，恐怕它对这块烂泥地有了感情呢！”

非洲红

三年前，我在一个花店里看到一株植物，茎叶全是红色的，虽是盛夏，却溢着浓浓秋意。它被种植在一个深黑色滚着白边的瓷盆里，看起来就像黑夜雪地里的红枫。卖花的小贩告诉我，那株红植物名字叫“非洲红”，是引自非洲的观叶植物。

我向来极爱枫树，对这小圆叶而颜色像枫叶的“非洲红”自然也爱不忍释，就买来摆在书房窗口外的阳台，每日看它在风中摇曳。

“非洲红”是很奇特的植物，放在室外的时候，它的枝叶全是血一般的红；而摆在室内就慢慢地转绿，有时就变得半红半绿，在黑盆子里煞是好看。它叶子的寿命不久，隔一两个月就全部落光，然后在茎的根头又一夜之间抽放出绿芽，一星期之间又是满头红叶了。使我真正感受到时光变异的快速,以及生机的运转。年深日久，它成为院子里我非常喜爱的一株植物。

去年我搬家的时候，因为种植的盆景太多，有一大部分都送人了。新家没有院子，我只带了几盆最喜欢的花草，大部分的花草都很强韧，可以用卡车运载，只有非洲红，它的枝叶十分脆嫩，我不放心搬家工人，因此用一个木箱子把它固定装运。

没想到一搬了家，诸事待办，过了一星期安定下来以后，我才想到非洲红的木箱。原来它被原封不动地放在阳台，打开以后，发现盆子里的泥土全部干裂了，叶子全部落光，连树枝都萎缩了。我的细心反而害了一株植物，使我伤心良久，妻子安慰我说："植物的生机是很强韧的，我们再养养看，说不定能使它复活。"

我们便把非洲红放在阳光照射得到的地方，每日晨昏浇水，夜里我坐在阳台上喝茶的时候，就怜悯地望着它，并无力地祈祷它的复活。大约过了一星期左右，有一日清晨我发现，非洲红抽出碧玉一样的绿芽，含羞地默默地探触它周围的世界，我和妻子心里的高兴远胜过我们辛苦种植的郁金香开了花。

我不知道"非洲红"是不是真的来自非洲，如果是的话，经过千山万水的移植，经过花匠的栽培而被我购得，这其中确实有一种不可言说的缘分。而它经过苦旱的锻炼竟能从裂土里重生，它的生命力是令人吃惊的。现在我的阳台上，非洲红长得比过去还要旺盛，每天张着红红的脸蛋享受阳光的润泽。

由非洲红我想起中国北方的一个童话《红泉的故事》。它说在没有人烟的大山上，有一棵大枫树，每年枫叶红的秋天，它的根渗出来一股不息的红泉，人只要喝了红泉就全身温暖，脸色比桃花还要红，而那棵大枫树就站在山上，看那些女人喝过它的红泉水，它就选其中最美的女人抢去做媳妇，等到雪花一落，那个女人也就变成枫树了。这当然是一个虚构的童话，可是中国人的心目中确实认为枫树也是有灵的。枫树既然有灵，与枫树相似的非洲红又何尝不是有灵的呢？

在中国的传统里，人们认为一切物类都有生命，有灵魂，有情感，能和人做朋友，甚至恋爱和成亲了。同样的，人对物类也有这样的感应。我有一位爱兰的朋友，他的兰花如果不幸死去，他会痛哭失声，如丧亲人。我的灵魂没有那样纯洁，但是看到一棵植物的生死会使人喜悦或颓唐，恐怕是一般人都有过的经验吧！

非洲红变成我最喜欢的一株盆景，我想除了缘分，就是它在死到最绝处的时候，还能在一盆小小的土里重生。

紫茉莉

我对那些按照时序变换着姿势，或者是在时间的转移中定时开合、或者受到外力触动而立即反应的植物，总是抱持着好奇和喜悦的心情。

像种在园子里的向日葵或是乡间小道边的太阳花，是什么力量让它们随着太阳转动呢？难道只是对光线的一种敏感？

像平铺在水池的睡莲，白天它摆出了最优美的姿势，为何在夜晚偏偏睡成一个害羞的球状？而昙花正好和睡莲相反，它总是要等到夜深人静的时候，才张开笑颜，放出芬芳。夜来香、桂花、七里香，总是愈黑夜之际愈能品味它们的幽香。

还有含羞草和捕虫草，它们一受到摇动，就像一个含羞的姑娘默默地颔首。还有冬虫夏草，明明冬天是一只虫，夏天却又变成一株草。

在生物书里我们都能找到解释这些植物变异的一个经过实验的理由，这些理由对我却都是不足的。我相信在冥冥中，一定有一些精神层面是我们无法找到的，在精神层面中说不定这些植物都有一颗看不见的心。

能够改变姿势和容颜的植物，和我关系最密切的是紫茉莉花。

我童年的家后面有一大片未经人工垦殖的土地，经常开着美丽的花朵，有幸运草的黄色或红色小花，有银合欢黄或白的圆形花，有各种颜色的牵牛花，秋天一到，还开满了随风摇曳的芦苇花……就在这些各种形色的花朵中，到处都夹生着紫色的小茉莉花。

紫茉莉是乡间最平凡的野花，它们整片整片地丛生着，貌不惊人，在万绿中却别有一番姿色。在乡间，紫茉莉的名字是“煮饭花”，因为它在有露珠的早晨，或者白日中天的正午，或者是星满天空的黑夜都紧紧闭着；只有一段短短的时间开放，就是在黄昏夕阳将下的时候，农家结束了一天的劳作，炊烟袅袅升起的时候，才像突然舒解了满怀心事，快乐地开放出来。

每一个农家妇女都在这个时间下厨做饭，所以它被称为“煮饭花”。

这种一二年或多年生的草本植物，生命力非常强盛，繁殖力特强，如果在野地里种一株紫茉莉，隔一年，满地都是紫茉莉花了。它的花期也很长，从春天开始一直开到秋天，因此，一株紫茉莉一年可以开多少花，是任何人都数不清的。

最可惜的是，它一天只在黄昏时候盛开，但这也是它最令人喜爱的地方。曾有植物学家称它是“农业社会的计时器”，当它开放之际,乡下的孩子都知道,夕阳将要下山,天边将会飞来满天的红霞。

我幼年的时候，时常和兄弟们在屋后的荒地上玩耍，当我们看到紫茉莉一开花，就知道回家吃晚饭的时间到了。母亲让我们到外面玩耍，也时常叮咛:“看到煮饭花盛开，就要回家了。”我们遵守着母亲的话，看到紫茉莉开花才踩着夕阳下的小路回家，巧的是，我们回到家，天就黑了。

从小，我就有点儿痴，弄不懂紫茉莉为什么一定要选在黄昏开。

有人曾多次坐着看满地含苞待放的紫茉莉，看它如何慢慢地撑开花瓣，出来看夕阳的景色。问过母亲，她说："煮饭花是一个好玩的孩子，玩到黑夜迷了路变成的，它要告诉你们这些野孩子，不要玩到天黑才回家。"

母亲的话很美，但是我不信，我总认为紫茉莉一定和人一样是喜欢好景的，在人世间又有什么比黄昏的景色更好呢？因此它选择了黄昏。

紫茉莉是我童年里很重要的一种花卉，因此我在花盆里种了一棵，它长得很好，可惜在都市里，它恐怕是因为看不见田野上黄昏的好景，所以几乎整日都开放着。在我盆里的紫茉莉可能经过市声的无情洗礼，已经忘记了它祖先对黄昏彩霞最好的选择了。

我每天看到自己种植的紫茉莉，都悲哀地想着，不仅都市的人们容易遗失自己的心，连植物的心也在不知不觉中迷失了。

心里的天鹅

与孩子读童话故事《丑小鸭》，才知道天鹅是会飞的，而且是候鸟，可以飞越半个地球。

“那，现在的天鹅怎么不会飞呢？”孩子问我。

我跑到图书馆借了一本书《饲养天鹅的方法》，才知道事实的真相。

欧洲中古世纪的贵族，因为喜欢天鹅的姿态，认为天鹅是鸟类中的贵族，于是就想把天鹅养在自己的庄园，来炫耀自己的财富和品味。

于是，他们捉到天鹅以后，用三个方法来使天鹅不能飞翔。

一是把天鹅双翼的羽毛剪掉一边，使天鹅失去平衡，不能起飞。

二是绑住天鹅的翅膀，使它无法张开翅膀而不能起飞。

三是由于天鹅起飞需要很大的湖泊起跑，如果缩短池塘的距离，天鹅失去足够的起跑距离，就飞不起来了。

前面的两种方法过于残忍，又会伤害天鹅优美的姿态，所以就普遍地使用第三种方法，久而久之，圈养的天鹅就失去起飞的能力，甚至忘记自己也会飞翔了。那些能飞越大山大海的天鹅就成为贵族的宠物了。

有一次，我到瑞士旅行，在卢森湖里看到一大群天鹅游到木桥边向游客乞讨食物，使我的心中充满感慨，这些在湖边乞食的天鹅，可知道自己的祖先曾经自由地飞翔吗？

古书里说："燕雀安知鸿鹄之志哉！"意思是说："像燕子麻雀这种小鸟，怎么能了解大雁天鹅飞行的壮志呢？"这句话成为一种讽刺，因为燕子和麻雀依然在天空飞翔，天鹅却由于人类的私心，变成不能飞翔的鸟了。

我一直深信人的心里也有一只天鹅，可以任思想和创造力无边地飞翔，许多人受到欲望的捆绑，或在生活中被剪去飞行的壮志，或由于起飞的湖泊太小，久而久之，失去思想和创造的能力，也就失去自由和飞翔于天空的心了。

自由地飞翔于天空，乃是一只鸟的天赋，不管是天鹅、孔雀还是燕子、麻雀。

拥有思想的自由和无边的创造力，乃是一个人灵性的天赋，不管圣人还是凡夫俗子，可惜许多人被情欲所催迫，失去了灵台的清明了。

我想到日本的禅宗之祖道元禅师曾写过一道悟道诗：

空阔透天，鸟飞如鸟。
水清澈地，鱼行似鱼。

天空多么开阔透明呀！鸟飞得像鸟一样。水是多么清澈见底呀！鱼游得像鱼一样。这看来简单的世界，其实隐藏着多么幸福的禅心呀！

鸟飞得像鸟，有鸟的尊严；鱼游得像鱼，有鱼的尊严；人活得像人，有人的尊严，这是文明世界最基本的格局了。

我喜欢天鹅那优美的线条和仪态，但我不希望天鹅被养在池塘，我希望天鹅能张开翅膀，从我们的头上飞过，使我们可以望向广大的天空。

古代的中国人认为看到天鹅从远方飞来（有鸿鹄飞至），生命里必然有好事发生，现代的人已经没有这种好事了！

忧欢派对

有两位武士在树林里相遇了，他们同时看见树上的一面盾牌。“呀！一面银盾！”一位武士叫起来。“胡说！那是一面金盾！”另一位武士说。“明明是一面银制的盾，你怎么硬说是金盾呢？”“那是金盾是再明显不过的，为什么你强词夺理说是银盾？”两位武士争吵起来，始而怒目相向，继而拔剑相斗，最后俩人都受了致命的重伤。当他们向前倒下的一刹那，才看清树上的盾牌，一面是金的，一面是银的。

我很喜欢这则寓言，因为它有极丰富的象征，它告诉我们，一件事物总可以两面来看，如果只看一面往往看不见真实的面貌，因此，自我观点的争执是毫无意义的。进一步地说，这世界本来就有相对的两面，欢乐有多少，忧患就有多少；恨有多切，爱就有多深；祸兮福所倚，福兮祸所伏。所以我们要找到身心的平衡点，就要先认识这是个相对的世界。

人的一生，说穿了，就是相对世界追逐与改变的历程。我们通常会在主客、人我、是非、知见、言语、动静中浮沉而不自知，凡是合乎自己所设定的标准时，就会感到欢愉幸福，不合乎我们的标准时，就会感到忧恼悲苦。这个世界之所以扰攘不安，就是由于人人的标准都不同。而人之沉于忧欢的漩涡，则是因为我们过度地依赖感觉，感觉乃是变换不定的、随外在转换的东西，使人都像走马灯一样，不停变换悲喜。

把人生的历程拉长来看，忧欢是生命中一体的两面，它们即使不同时出现，也总是相伴而行。

佛经里有这样一个故事：有两个仙女，一位人见人爱，美丽无比，名字叫作“功德天”，另一位人见人恶，丑陋至极，名字叫“黑暗天”。当功德天去敲别人的门时，总是受到热情的招待，希望她能永远在家里做客，可是往往只住很短暂的时间，丑陋的黑暗天就接着来敲门，主人当然拒绝她走进家门一步。

这时候，功德天与黑暗天就会告诉那家的主人：“我们是同胞姐妹，向来是形影不离的，如果要赶走妹妹，姐姐也不能单独留下来；如果要留下功德天，就必须让黑暗天也进门做客。”

愚蠢的主人就会把姐妹都留下来，他们为了享受功德，宁可承受黑暗。有智慧的主人则会把两姐妹都送走，宁可过恬淡的生活。

这也是一个非常有象征意味的寓言，它启示我们，有智慧的人“无求”，他知道人生的忧欢都只是客人而已，并非生命的本体，唯有不执着于功德的人，才不会有黑暗的侵扰，也唯有不追求欢乐的人，才不会落入忧苦的泥沼。

忧欢时常联手，这是生活里最无可奈何的景况，期许自己不被感觉所侵蚀的人，只有从超越感官的性灵入手。有一次，我到一座寺庙去游玩，看到庙前树上挂着的木板写着：

心安茅屋稳，性定菜根香；世事静方见，人情淡始长。

安、定、静、淡应该是对付感官波动、悲喜冲击的好方法，可是在现实里并不容易做到。不过，对一个追求智慧的人，他必须知道，幸福的感受与人的心情态度有着密切的关系。有时候，那些看似平淡的事物反而能有深刻悠长的力量，这是为什么在真实相爱的情侣之间，一朵五块钱的玫瑰花的价值不比一粒五克拉的钻石逊色。

有一首流行甚广的民谣《茶山情歌》里有这样几句：

茶也青哟，
水也清哟，
清水烧茶，
献给心上的人，
情人上山你停一停，
喝口清茶，
表表我的心！

我每次听到这首歌，就深受感动，这原是采茶少女所唱的情歌，用青茶与清水来表达自己的情感，真是平常又非凡的表白。一个人的情感若能青翠如寒山雾气中的茶，清澈若山谷溪涧的水，确实是值得珍惜，可以像珍宝一样拿出来奉献的。

一杯清茶也可以如是缠绵，使人对情爱有更清净的向往，在爱恨炽烈的现代人看来，真是不可思议。然而，我们若要了解真爱，并进入人生更深刻的本质，就非使心情如茶般青翠、水样清明不可，可叹的是，现代人喝惯了浓烈的忧欢之酒，愈来愈少人懂得茶青水清的滋味了。

明代有一首山歌，和《茶山情歌》可以前后辉映：

> 不写情词不写诗，一方素帕寄心知，心知接了颠倒看，横也丝来竖也丝，这般心事有谁知？

一条白色的手帕，就能够如此丝缕牵缠，这种超乎言语的情意，现在也很少人知了。

情爱，算是人间最浓烈的感觉了，若能存心如清茶、如素帕，那么不论得失，情意也不至于完全失去，自然也不会反目成仇、转爱成恨了。只是即使淡如清茶还是有忧欢的波澜，不能有清净的究竟，历史上的禅师以观心、治心、直心的方法来超越，使人能高高地站在忧欢之上。我们来看两个公案，可以让我们从清茶素帕再进一步，走入“高高山顶立，深深海底行”的世界。

有一位名叫玄机的尼师去参访雪峰禅师，禅师问说：“什么处来？”曰：“大日山来。”师曰：“日出也未？”曰：“若出，则熔却雪峰。”师曰：“汝名什么？”曰：“玄机。”师曰：“日织多少？”曰：“寸丝不挂。”雪峰听了默然不语，玄机十分得意礼拜而退，才走了三步，雪峰禅师说：“你的袈裟角拖到地上了！”玄机回头看自己的袈裟，雪峰说："好一个寸丝不挂！"

这是多么机锋敏捷的谈话，玄机尼师的寸丝不挂立即被雪峰禅师勘破。这个公案使我们知道从"清茶素帕"到"寸丝不挂"之间是多么遥远的路途。

另一个公案是唐朝大诗人白居易去参惟宽禅师。白居易："何以修心？"惟宽："心本无损伤，云何要修？无论垢与净，切勿起念。"白居易："垢即不可念，净无念可乎？"惟宽："如人眼睛上一物不可住，金屑虽珍宝，在眼亦为病。"惟宽禅师的说法，使我们知道，纵是净的念头也像眼睛里的金屑，并不值得追求。那么，若能垢净不染，则欢乐自然也不可求了。

禅师不着于生命，乃至不着一切意念的垢净，并不表示清净的人必须逃避浊世人生。在《西厢记》里有两句话："你也掉下半天风韵，我也飘去万种思量。"是说如果你不是那样美丽，我也不会如此思念你了。金圣叹看到这两句话就批道："昔时有人嗜蟹，有人劝他不可多食，他就发誓说：'希望来生我见不着蟹，也免得我吃蟹。'"这真是妙批，是希望从逃避外缘来免得爱恨的苦恼，但禅师不是这样的，他是从内心来根除染着，外缘上反而能不避，甚至可以无畏地承当了。也就是在繁花似锦之中，能向万里无寸草处行去！

宗宝禅师说得非常清楚透彻："圣人所以同者心也，凡人所以异者情也。此心弥满清净，中不容他，遍界遍空，如十日并照。觌面堂堂，如临宝镜，眉目分明。虽则分明，而欲求其体质，了不可得。

虽不可得，而大用现前，折、旋、俯、仰，见、闻、觉、知，一一天真，无暂时休废。直下证入，名为得道。得时不是圣，未得时不是凡。只凡人当面错过，内见有心，外见有境，昼夜纷纭，随情造业，诘本穹源，实无根蒂。若是达心高士，一把金刚王宝剑，逢着便与截断，却不是遏捺念虑，屏除声色。一切时中，凡一切事，都不妨他，只是事来时不惑，事去时不留。”

真到寸丝不挂的禅者，他不是逃避世界的，也不是遏止捺住念头或挂虑，当然更不是屏除一切声色，他只是一一天真地面对世界，而能“事来时不惑，事去时不留”。

这是多么广大、高远的境界！

我们凡夫几乎是做不到一一天真、不惑不留的，却也不是不能转化忧欢的人生历练。我听过这样的故事：一位女歌手在演唱会中场休息的时候，知道了母亲过世的消息，她擦干眼泪继续上台做未完的表演，唱了许多欢乐之歌，用悲哀的泪水带给更多人欢笑。

在这个世界上，还有更多的演员与歌手，他们必须在心情欢愉时唱忧伤之歌，演悲剧的戏；或者在饱受惨痛折磨时，还必须唱欢乐的歌，演喜剧的戏。而不管他们演的是喜是悲，都是为了化解观众生命的苦恼，使忧愁的人得到清洗，使欢喜的人更感觉幸福。文学家、音乐家、艺术家等心灵工作者，无不是这样子的。

实际人生也差不多是这样子，微笑的人可能是在掩盖心中的伤痛，哀愁者也可能隐藏或忽略了自己的幸福，更多的时候，是忧与欢的泪水同时流下。

不管是快乐或痛苦，人生的历程有许多没有选择余地的经验，这是有情者最大的困局。我们也许做不到禅师那样明净空如，但我们可以转换另一种表现，试图去跨越困局，使我们能茶青水清，并用来献给与我们一样有情的凡人，以自己无比的悲痛来疗治洗涤别人生命的伤口，困局经常是这样转化，心灵往往是这样逐渐清明的。

因此，让我们幸福的时候，唱欢乐之歌吧！

让我们忧伤的时候，更大声地唱欢乐之歌吧！

忧欢虽是有情必然的一种连结，但忧欢也只是生命偶然的一场派对！

欢乐中国节

传说在中国有三位修行者，没有人知道他们的名字，只知道他们是爱笑的圣人，因为当人们看到他们时，他们总是在笑，从一个城市笑到另一个城市。

每到一个新城市，他们就会在市场、街道或广场中央大笑，使附近的人都过来围着他们，慢慢地，本来迟疑的人也走过来了，像口渴的人走向井边。顾客忘了他们要买什么，店主把店铺关了，一起到这三个人的旁边，看他们笑。

他们的笑是那么自在、那么无碍、那么优美、那么光辉，使旁观的人都深深地感动了，因为生活在市集里的人从没有那样笑过，甚至已经忘记人可以那样笑着。

他们的笑会传染，旁观的人开始笑，然后所有的人都笑了，就是几分钟前，那市场是个丑陋的地方，人们有的只是贪婪、嗔恨、愚痴，卖的人只想到钱和渴望钱，买者则只想贪小便宜。他们的笑改变了市场的气氛，使所有的人汇成一体，欢欣、无私、互相欣赏，就好像很久才有一次的节庆。

人们先是笑，忘记了是要买或是要卖，随后，人们真心地笑了，最后甚至围着三人忘情地跳舞，仿佛进入一个新世界。由于这三个人所到之处，都带着欢笑，使他们行经之地都变成天堂，所有的人都喜欢见到他们，称他们是“三个爱笑的圣人”。当圣人的名字传扬开来，就有人来问道：“给我们一些启示，教导我们一些真理吧！”他们总是说：“我们没有什么好说的，只是不断地笑！”他们走遍全中国，从一地到另一地、从城市到乡村，去帮助人们笑、去开发内在的笑意，凡是悲伤、哀痛、贪婪、嗔恨、愚痴的人都跟着他们笑，慢慢地，人们懂得笑了，生命就得到了崭新的蜕变，就像是一只丑陋爬行的虫化成了斑斓自由的彩蝶。

他们的日子就在笑中度过。有一天，三个爱笑的圣人之一过世了，村人聚集着说：“他们的友谊那么好，现在另外两位一定会哭的吧！他们不可能再笑了。”

但是，当村民看到另外两位时都吃了一惊，因为他们正在笑，在唱歌跳舞，在庆祝最好的朋友离开这个世界。村民充满疑惑，并且有一点儿生气地说：“你们这样太过分了，一个人死了是多么悲伤的事，你们还笑、还跳舞，这对死去的人是多么不敬！”

两个微笑的圣人说：“我们的一生都在笑里度过，我们必须欢笑，因为对一位一生都在笑的人，欢笑是最好的、也是唯一的告别。而且，我们不觉得他过世了，因为生命不死，笑着离开的人一定会笑着回来！”

笑是永恒的，就像波浪推动，而海洋不变；生命是永恒的，就像演员下台了，戏剧仍在进行；大化是永恒的，花开花落，树却不会枯萎。可惜，村民不能了解这些，所以那天只有他们两个人在笑。

尸体要焚化之前，村民说："依照仪式，我们要给他洗澡，换一套干净的衣服。"

但是两个微笑的圣人说："不！我们的朋友生前就吩咐不举行任何仪式，只要按照他原来的样子放在焚化台上面就好了。"于是，死者被以本来面目放在焚化台上焚烧。

当火点燃的时候，突然之间，烟火四射，原来那个老人在他的衣服里藏着许多节庆的鞭炮和烟火，作为他送给观礼者的礼物。

烟火飞扬到高空，爆开时有各种缤纷的颜色，闪亮的火光照耀了整个村落。

本来微笑的圣人疯狂地笑了起来，村民也笑起来，马路、树木、花草，甚至焚烧尸体的火焰都在笑着，然后大家开始快乐地跳舞，过了村落有史以来最大的庆祝会。在欢笑与跳舞的时候，大家感觉到那不是一个死亡，而是一个新生命的开始、一个全新的复活。

最后大家都知道了：如果人能快乐地归去，死亡就不能杀人，反而是人杀掉了死亡；如果能改变死亡的悲伤，知道生死的实相，人就不会有什么损失了！

对我们来说，只有当我们知道快乐与悲伤是生命必然的两端时，我们才有好的态度来面对生命的整体。

如果生命里只有喜乐，生命就不会有深度，生命也会呈单面的发展，像海面的波浪。

如果生命里只有悲伤，生命会有深度，但生命将会完全没有发展，像静止的湖泊。

唯有生命里有喜乐有悲伤，生命才是多层面的、有活力的、有深度，又能发展的。

遇到生命的快乐，我要庆祝它！遇到生命的悲伤，我也要庆祝它！庆祝生命是我的态度，不管是遇到什么！快乐固然是热闹温暖，悲伤则是更深刻的宁静、优美，而值得深思。

在禅里，把快乐的庆祝称为“笑里藏刀”——就是在笑着的时候，心里也藏着敏锐的机锋；把悲伤的庆祝称为“逆来顺受”——就是在艰苦的逆境中，还能发自内心地感激，用好的态度来承受。

用同样的一把小提琴，可以演奏出无比忧伤的夜曲，也可以演奏出非凡舞蹈的欢乐颂，它所达到的是一样伟大、优雅、动人的境界。

人的身心只是一个乐器，演奏什么音乐完全要靠自己。所以，即使在最悲伤的时候，也让我们过欢乐的中国节吧！

新年新心新欢喜

除夕的下午，在老家帮忙打扫，等一切都弄妥当了，妈妈突然想起来还需要两副春联，便叫弟弟到街上去买，弟弟临出门前，她想了一下，说："和你二哥一起去，他的学问较饱，拣两副较欢喜的回来。"

我便和小弟一起到街上的春联铺去，春联铺是佛具店老板兼营的，因为他写得一手好字，几十年来在过年的时候就兼卖春联了。

我从未买过春联，于是问了一下价钱，老板说："有描金的七十元，没有描金的五十元。"算起来也不便宜，我想到以前的三合院旧家，每一个门口需要一副春联，前前后后加起来十几副，如果现在买的话，光是春联就要花一千元了。

在春联铺子，我们前前后后找了半天，只剩下给生意人贴的春联，老板说其他的春联都被挑走了。我说："可不可以帮我们写两副呢？"

"不行，现在的春联都是用油纸，四五天前写才会干，明天就是初一，现在不能写了。"

我看看那些写在春联上的句子，都是一些老掉牙的句子，而且书写春联的人，字虽然四平八稳，却很公式化，和春联上的句子一样保守。我对弟弟说："我们自己来写春联吧！"

花了二十元买一大张红纸，向侄儿借用毛笔和墨汁，我自己写了两副对子，一副是：

旧情旧事旧感怀
新年新心新欢喜

写好之后，才想到需要一个横批，便写了四个字"怀旧创新"，因为觉得"除旧布新"虽好，不如怀念旧事物，开创新局面来得好。旧事物中有许多好的部分值得怀念，那些坏的部分则可以给我们新的教训，也不可忽视。

另一副春联是：

秋花秋月人间无价
春风春雨天地有情

横批是"大地回春"。虽说大地春回，大家都沐浴在欢喜之中，却很容易忽略掉，春天是很容易过去的，到了秋天，我们是不是也能有喜悦的心来看人间的万象呢？

我很久没有用毛笔写字了，写得没有从前好，不过自己把标准降低，只求风格，不求完美，看了也十分满意，孩子们看了我写的春联，都拍手欢呼。

在贴春联的时候，我想到从前的人贴春联，除了吉祥喜庆的含意，也可以说是“一年之计”，是在为自己新的一年祈祷和立志。生意人给自己的立志是“生意兴隆通四海，财源茂盛达三江”；农夫的愿望是“风调雨顺，国泰民安”；读书人的祈求是“忠厚传家远，诗书继世长”；而不管是什么行业的人，都希望能“有福”“有春”“新禧”“招财进宝”，都对未来怀抱无限的希望。

不论旧的一年多么不堪，我们在新年伊始也不应该怀忧丧志，而是有新的喜心，来展望万象的更新，体会到“森罗万象许峥嵘”的更深的含义！

可叹的是，贴春联的旧俗已经没落，还在贴春联的人则去买现成的来虚应一番，已经很少有人在新年时做祈愿了。

快乐无忧是佛

当我们读到了四祖道信对牛头法融说:“快乐无忧，故名为佛。”真是令人深深地感动，对于我们修行佛道的人是无与伦比的教化，像我们在生活里还有许多的烦恼、不安、忧伤，心灵中充满了喧闹、哀愁、骚动的人，哪里配谈什么是佛呢?

我们先不要说学佛，光是说学习快乐无忧好了，一个人如实地生活，才知道“快乐无忧”四个字是多么艰难。

信仰佛教最虔诚的西藏人民，他们互相问候的话，不是“呷饱也未?”不是“恭喜发财!”而是“吉祥如意”。人人在见面或分别时，总是双手合十，互道“吉祥如意”。我觉得，吉祥如意与快乐无忧很相近，但犹不如快乐无忧那样的浅白。

我们现在来看“快乐无忧，故名为佛”的出处，我且用分行来重排四祖道信这一段对真要的开示:

> 夫百千法门，同归方寸，河沙妙德，总在心源。
> 一切戒门定门慧门，神通变化，悉自具足，不离汝心。
> 一切烦恼业障，本来空寂，一切困果，皆如梦幻。

无三界可出，无菩提可求。

人与非人，性相平等，大道虚旷，绝思绝虑。

如是之法，汝今已得，更无阙少，与佛何殊，更无别法。

汝但任心自在，莫作观行，亦莫澄心，莫起贪嗔，莫怀愁虑，荡荡无碍，任意纵横，不作诸善，不作诸恶。

行住坐卧，触目遇缘，总是佛之妙用，快乐无忧，故名为佛。

快乐无忧乃不是感官欲望满足的层次，而是任心自在，遇到任何的因缘都是佛法的妙用，这是万里无云、浩浩青天的境界，也是达摩祖师说的：

亦不睹恶而生嫌，
亦不观善而勤措；
亦不舍智而近愚，
亦不抛迷而求悟。

牛头慧忠禅师说："人法双净，善恶两忘；直心真实，菩提道场。"——这是快乐无忧是佛。

有源律师问："和尚修道还用功否？"大珠慧海说："用功。"曰："如何用功？"师曰："饿来吃饭，困来眠。"曰："一切人总如同师用功否？"师曰："不同。"曰："何故不同？"师曰："他吃饭时不肯吃饭，百种须索；睡时不肯睡，千般计较，所以不同也。"——这是快乐无忧是佛。

南泉普愿禅师快圆寂时，弟子问他："和尚百年后，向什么处去？”他说：“山下做一头水牯牛去。”弟子说：“我可以随师父去吗？”他说：“可以，你如果要跟我去，别忘了衔一茎草来！”——这是快乐无忧是佛。

洪州水老和尚说：“自从一吃马祖蹋，直至如今笑不休。”——这是快乐无忧是佛。

云门文偃禅师说：“日日是好日。”——这是快乐无忧是佛。

沩山灵祐禅师说：“一切时中，视听寻常，更无委曲，亦不闭眼塞耳，但情不附物，即得。譬如秋水澄澄，清净无为，澹泞无碍，唤他作道人，亦名无事之人。”——这是快乐无忧是佛。

黄檗希运禅师说：“终日吃饭，未曾咬着一粒米；终日行，未曾踏着一片地。与么时，无人我等相，终日不离一切事，不被诸境惑，方名自在人。”——这是快乐无忧是佛。

仰山慧寂禅师说：“我这里是杂货铺，有人来觅鼠粪，我亦拈与，他来觅真金，我亦拈与。”——这是快乐无忧是佛。

我们看历代祖师，真的是个个活泼纵跳、生意盎然、快乐无忧。这种无忧不是来自后世极乐的期待，而是今生生活的承担，是如实地接受生活，要在今世，甚至此时此刻就无忧。

因此，有人问石头希迁禅师：“如何是解脱？”

他说："谁缚汝！"（没有人绑你，为什么求解脱呢？）

"如何是净土？"

他说："谁垢汝？"（没有人污浊你，为什么求净土？）

"如何是涅槃？"

他说："谁将生死与汝？"（没有人给你生死，到哪里去求涅槃呢？）

无时不是解脱之境，无处不是净土的所在，永远都在涅槃之中，长空不碍白云飞，好一个快乐无忧是佛！

严肃，是一种病

一九九四年的诺贝尔文学奖得主大江健三郎，作品以艰涩难读著称，但是他的个性却温和幽默。他的生活明朗、作品沉郁，这两种完全不同的特质交集，源于他有一个智障的儿子大江光。

大江健三郎在青年时代就把文学作为人生的第一个壮志来追求，年轻时就受到日本文坛的注目，没想到三十一岁时生下第一个孩子大江光，是一个头盖骨不全的重度智障儿。

根据大江健三郎的回忆，大江光是在广岛出生的。当时广岛正在举行反核大游行，健三郎怀着混乱的心情去参加。大会之后，一群原爆牺牲者的亲属聚集在河边追悼死者，并为死去的人放河灯。他们把死者的名字写在灯笼上，让灯笼随水漂流。

怅望河水，被绝望的心情包围的健三郎，也为大江光放了一个河灯，随水流去。他在心里希望，自己的孩子就那样死去。

随后不久，大江健三郎去访问原爆医院。院长告诉他，医院里有一些年轻医生，由于触目所见都是求生不得、求死不能的病人，自己又不能为病人解除痛苦，终于积郁自杀，因而造成了身受痛苦的病人挣扎求生，身无病痛但过度严肃的医生反而自杀的荒谬情况。

大江健三郎听了大有所悟，回东京后立刻请医生为大江光开刀，并立下第二个人生的壮志：与大江光共同活下去。

大江光虽是智障儿，又犯有严重的癫痫，但在父母亲细心的照护下，不只心灵澄明无染，还对音乐有超凡的才华。如今大江光出版了两张个人音乐专辑《大江光的音乐》《萨尔斯堡》，引起日本乐坛的震撼，甚至被称为“日本古典乐坛的奇葩”。

在大江健三郎获得诺贝尔文学奖后的一场演讲会上，他对听众自嘲说：“据说我儿子的音乐所以受到欢迎，是因为有催眠曲的效果。如果有人听了大江光的音乐还睡不着，就请看我的书吧！”

我读了大江健三郎的报道，心里突然浮起“严肃，是一种病”这句话。就像在原爆医院自杀的医生一样，他们的严肃所带来的伤害反而比受辐射的病人严重得多。一个人对待生活过于严肃，甚至可以严重到失去生命的意趣呢！

最近在柏林影展获得最佳女主角奖的喜剧演员萧芳芳，她认为即使最严肃的题材也要有幽默感，她说：“我对喜剧是情有独钟的，因为人生已经够苦了，能够带给别人欢乐，是一件好事。”

萧芳芳在实际生活中也饱受打击。她幼年丧父，少女时代经历过不顺利的婚姻，中年罹患了严重耳疾，即便在得奖的时刻还照顾着患了老年痴呆症的母亲。

虽然生命有这么多的历练，但是由于萧芳芳有幽默感，使她保有充沛的创造力，总是那么可亲、喜悦、优雅，远非只靠美貌的女星可比。

当今之世最长寿的人为法国女子尚妮·加蒙，最近度过一百二十岁的生日。路透社的记者问她长寿的秘诀，她说："常保笑容，我认为这是我长寿的要诀，我要在笑中去世，这是我的计划之一。"

她对疾病、压力、沮丧有绝佳的抵抗力，对每件事都感兴趣但又不过于热衷，一直到一百二十岁，还保持着极佳的幽默感，既乐天又喜欢开玩笑。她说："我总共只有一条皱纹，而我就坐在它上面。""我对凡事都感兴趣。""上帝已忘了我的存在，他还不急着见我，他知我甚深。"

能一直轻松喜乐地活到一百二十岁，真是幸福的事。想一想，有许多人才二十岁就活得很不耐烦了呢！

听说日本这几年兴起一种补习班，叫作"微笑补习班"。许多人都缴费去学习微笑，因为在现代社会，人们早就忘记该怎么欢笑了。

微笑还需要补习，其中实有深意，因为微笑人人都会，但许多人都留在"技术层面"，有的是"皮笑肉不笑"，有的是"肉笑心不笑"，如果要"从心笑起"，就需要学习了。

想要“从心笑起”，大概要具备几个基本的素质：一是游戏的心情，二是包容的胸怀，三是幽默的态度。

没有游戏的心情，就会对苦乐过于执着，对成败过于挂怀，便难以在苦中作乐，品尝生命的真味。

没有包容的胸怀，就会思想僵化，不能容纳异见，难以接受批评，把别人视为寇仇，处处设限，也就难以日日欢喜了。

没有幽默的态度，就不懂得自嘲，不知甘于平凡，也不会对世事一笑置之，就常会画地自限，想不开了。

严肃，真的是一种病。那些外表严肃、内心充满怨恨的人，是生病了。那些以自我为中心、不能轻松的人，是生病了。那些执着于财势名位、不能放下的人，也是生病了。

如果严肃真的是一种病，现代人大部分是生病了，只是轻重缓急的不同罢了。

我们应该认识这种病，革除这种病，让我们懂得笑，懂得游戏，懂得包容，懂得轻松和幽默。

每天早晨，和我们会面的熟人真情一笑，和我们错身而过的陌生人点头微笑，或者，拯救社会就是从这里做起呢！

“人生已经够苦了，能够带给别人欢乐，是一件好事。”

来自妙喜国的人

投生到败坏的世界

维摩诘的智慧折服了所有佛陀的弟子及佛陀座下的诸大菩萨、五百童子，到了最后，佛陀的弟子不免对维摩诘的来路产生了疑问。

被称为“智慧第一”的舍利弗就站出来问维摩诘:“你是在哪里寂灭而投生到这个娑婆世界的呢？”

维摩诘的辩才非常明利，他也善于运用辩才来启发别人的智慧，他没有直接回答舍利弗，反问道:“你所得的法有没灭或生起吗？”

“没有，没有没灭或生起。”舍利弗说。

“如果诸法无没生相，为什么你问我在哪里寂灭而投生到这个世界？你是什么意思呢？就例如变幻术的人变成男人或女人，有没或生吗？”维摩诘说。

“当然无没生了。”

维摩诘进一步说："你难道没有听佛陀说过诸法如幻象吗？"

"佛陀说的正是这样。"舍利弗回答。

维摩诘接着就以教导的口气对舍利弗说："如果一切法如幻象，为什么你还问我在哪里没而投生到这里？舍利弗！所谓没，是虚妄的，它只是败坏的表象，所谓生，也是虚妄的，它只是相续的表象。对真正的菩萨来说，他虽然死了，他的善根并不穷尽；他虽再生，诸恶也不会再增长。"

这时候，佛陀的弟子都默然听着，无法回答维摩诘，佛陀于是开口对弟子说："有一个佛国叫妙喜国，那里是无动佛的佛土，维摩诘就是在那里入灭，然后转生到这里来的。"

舍利弗听了，忍不住赞叹："世尊，这真是前所未闻的事，这人竟然能舍弃清净佛土，投胎到这个如此败坏的世界。"

维摩诘的辩才又起，他问舍利弗："你是什么意思呢？我问你，日光升起的时候，和黑暗是不是合在一起呢？"

"当然不是，日光出来的时候，就没有黑暗了。"舍利弗答。

"那么，日光为什么照耀这个世界呢？"

"是为了照亮世界，去除黑暗。"

维摩诘于是说:“菩萨也是这样子的，虽然为了化导众生投生到这不清净的世界，但他只灭除众生的烦恼和黑暗，而不与众生的愚笨黑暗合在一起呀！”

离开众生没有个人的完成

以上这一段话出自《维摩诘经》的《见阿閦佛品》，非常有趣地点出了维摩诘与舍利弗之间的差别。

维摩诘居士，这位妙喜国投胎来的大菩萨，是佛教经典里最为突出的一位居士，他具有不可思议的辩才、智慧与神通，他所说的《维摩诘经》，因此也被称为《不可思议解脱经》。

《维摩诘经》是大乘经典中非常重要的一部，它以大乘佛法的立场教化小乘的声闻、缘觉，希望小乘的人也能转成大乘，一起奋斗来完成普度众生的目标。这部经典的文笔典雅精致，是诗歌，是散文，也是戏剧，是上好的文学作品。

我国伟大的诗人画家王维，他一生中最喜爱的书就是《维摩诘经》，因此，他把名改成维，字为“摩诘”，可以知道他喜爱这部经的程度。

我想，每一个大乘佛教的信徒，都应该好好地读《维摩诘经》，因为大乘佛教的菩萨理念，在这里有了最清楚最优美的描绘，从维摩诘口中，我们所听到的菩萨，是浪漫主义者、理想主义者、创造主义者，乃至于完美主义者。理想的菩萨不但是众生的一分子，是宇宙的一分子，而且他最后的归途是使众生全部幸福他才选择幸福，是使宇宙完全清净他才算清净。

我在二十岁的时候第一次读这部经，当时感动不已，在经上写下“离开众生没有个人的完成，离开个人没有众生的完成”。

如今十几年过去了，断断续续读这部经，感动日深，智慧日广，仿佛自己已经能贴近维摩诘那不可思议的境界了。

在这里，我用笔记的方法来阐扬这部经，希望能触及它的内部世界，至于完整的面貌，但愿读者能去阅读原典。我想，有时我们看到一片树叶，也就知道那是什么树了。

他是怎样的一个人

维摩诘是毗耶离大城里的长者，他曾经供养过无量诸佛，善本深植。他早就得到无生法忍，辩才无碍，游戏神通，能降服诸魔，他深入各种法门，并总持其中的智慧，他明了众生的心之所趣，善于分别诸根利钝，因此善以智慧度化众生，又能通达方便，大愿成就，长久以来就是修习纯正的大乘法门。

他有佛一样的威仪，有大海一样的胸襟，因此不但诸佛赞美他，连佛陀、梵天、弟子，及当地的士绅都很尊敬他。

这个维摩诘虽然是白衣居士,却能和出家人一样守清净的戒律。虽然是像一般人住在家里,却不像三界众生受到染着。虽然有妻子,却能清净修行。虽然有眷属,却乐于独处。虽穿戴宝饰,是为了使自己相好庄严。虽然也和一般人同样饮食,却能以禅定的喜悦为味。

他走到赌博看戏的地方,就去度化他们,他知道许多外道,也不毁弃正法的信念。他对世间的经典有精明的看法,也能在佛法中得到快乐,并且他能执持正法,无论老少都能摄化,他最爱供养,因此得到所有人的敬爱。

维摩诘真是个奇人,经典上说他:"一切治生谐偶,虽获俗利不以喜悦;游诸四衢,饶益众生;入治正法,救护一切;入讲论处,导以大乘;入诸学堂,诱开童蒙。入诸淫舍,示欲之过;入诸酒肆,能立其志。"

他用无量无边的智慧方便,来使众生得到丰饶、得到利益。

作为一个居士,读《维摩诘经》很难不受感动,因为他潇洒浪漫,什么地方都可以去,而不管在什么地方都能不受染着,得到尊敬,这种修行的方式与小乘是完全不同的,也正是菩萨行比小乘行更大的挑战。

重要的是,大乘居士更注意心行,在大的原则上有所把握,形式就不是那么重要了。这就是维摩诘所说:"法顺空,随无相,应无作。法离好丑,法无增损,法无生灭,法无所归,法过眼耳鼻舌身心,法无高下,法常住不动,法离一切观行。"

一切众生是菩提相

有一天，维摩诘生病了，国王、大臣、长者、居士、婆罗门，及诸王子、官属数千人都去探望他的病。

维摩诘对来探病的人说明了人的无常、人的脆弱、人的秽恶、人的痛苦、人的短暂，乃至人身的虚妄不实。然后，他对探病的人说，人身是可患厌的，应该以法身、佛身为乐，而不应该放逸与不善。

可是，虽然有三千人去探他的病，佛陀的弟子却没有一人去探望他，他生起一个这样的念头："我卧病在床，像世尊这么大慈悲，难道不垂悯我吗？"

他的念头被佛陀知道了，佛陀就想派座下的弟子、菩萨、童子去探维摩诘的病，弟子和菩萨们竟没有人肯去探病。

为什么呢？因为所有的人都曾受过维摩诘智慧的棒喝！

他给舍利弗的棒喝是关于禅坐的，他对舍利弗说真正的禅坐是："不于三界现身意，不起灭定而现诸威仪，不舍道法而现凡夫事，心不住内亦不住外，于诸见不动而修行三十七品，不断烦恼而入涅槃。"——这是大乘禅定与小乘宴坐之间的不同。

他给目犍连的棒喝是关于说法的，他说："当了众生根有利钝，善于知见无所挂碍，以大悲心赞于大乘，念报佛恩不断三宝，然后说法。”——大乘说法乃是不能为小根器者说大乘法，也不能为大根器者说小乘法。

他给大迦叶的棒喝是关于乞食的，因为迦叶昔日为给贫者造福报，专在贫里乞食，维摩诘说不应如此，应该平等地向豪富贫者行乞，而且不该空食别人的施舍，而应“以一食施一切——供养诸佛及众贤圣，然后可食”。

接着，他棒喝须菩提、富楼那、迦旃延、阿那律、优波离、罗睺罗、阿难，他提出的大乘菩萨见解，把佛陀的十大弟子一一折服，并且扭转了他们小乘的观念。

佛陀看自己的弟子都不堪向维摩诘探病，于是请弥勒菩萨去问疾，未料弥勒也受过维摩诘的棒喝。过去，弥勒菩萨曾在兜率天为天王眷属说多生多世不退转的修行，说如果曾受记于佛，将来经过累劫修行必将成佛。维摩诘听到了,对他说:“弥勒！世尊授仁者记，一生当得阿耨多罗三藐三菩提，为用何生得受记乎？过去耶？未来耶？现在耶？若过去生，过去生已灭！若未来生，未来生未至！若现在生，现在生无住！”然后他劝弥勒不要以受记与否来诱使天子发菩提心，而应该平等地舍掉分别菩提的成见。因为“菩提者，不可以身得，不可以心得”。

——维摩诘提出的重要观点，是一切众生是菩提相，一切众生、一切法、一切圣贤都是不二如一的。

弥勒不堪去问维摩诘的病，佛陀就请光严童子去，没想到光严童子过去也受过维摩诘的棒喝。

有一次光严童子走出毗耶离大城，在城门附近遇见了维摩诘，光严于是问维摩诘说：“居士从何而来？”

“我从道场来。”维摩诘答说。

光严童子心里很纳闷，因为道场在城内，维摩诘明明从城外进来，难道城外还有一个道场，于是问：“你说的道场，是哪一个道场？”

维摩诘以诗歌一般优美的语言说：

直心是道场，无虚假故。
发行是道场，能办事故。
深心是道场，增益功德故。
菩提心是道场，无错谬故。
布施是道场，不望报故。
持戒是道场，得愿具故。
忍辱是道场，于诸众生心无碍故。
精进是道场，不懈怠故。
禅定是道场，心调柔故。
智慧是道场，现见诸法故。

慈是道场，等众生故；悲是道场，忍疲苦故；喜是道场，悦乐法故；舍是道场，憎爱断故。……一念知一切法是道场，成就一切智故。如是，善男子！菩萨若应诸波罗蜜教化众生，诸有所作，举足下足当知皆从道场来，住于佛法矣！

——维摩诘阐明了一切唯心所作，心的道场才是真正的道场，这也正是佛教“心内求法是正法，心外求法是外道”的理念基础。

佛陀看光严童子不堪去问疾，又请持世菩萨与善德长者子去探病，他们也同样受过维摩诘的棒喝。我在这里不加引述，但他为善德说法后，善德把身上珍贵的璎珞解下供养维摩诘，维摩诘把璎珞分成两份，一份布施给法会里最卑下的乞丐，一份则供奉难胜如来佛，然后他说了一段令人深受感动的话：“若施主等心施一最下乞人，犹如如来福田之相，无所分别，等于大悲，不求果报，是则名曰具足法施。”

众生病则菩萨病

由于维摩诘的“深达实相，善说法要，辩才无滞，智慧无碍，一切菩萨法式悉知，诸佛秘藏无不得入，降伏众魔，游戏神通”，佛陀座下的诸菩萨都觉得他“难为酬对”，都不肯去探他的病。

最后，佛陀只好叫文殊师利菩萨去向维摩诘探病，文殊乃是智慧最胜的菩萨，如果连他也不能去，就无人可去了，文殊菩萨慨然承佛之意，答应去看维摩诘。于是，在场的菩萨、弟子、天王等等都想，这两位当世最有智慧的人对谈，必有妙法，就全跟随文殊菩萨，浩浩荡荡地往维摩诘的家里来。

文殊与维摩诘互相打过招呼，文殊说："居士的病还可以忍受吗？好一点儿了吗？世尊殷勤，向您问安。居士的病是什么原因生起的？生了多久了？要如何消灭呢？"

维摩诘说了一段非常动人的话，这段话后来成为大乘菩萨的教本，他说："从痴有爱，则我病生；以一切众生病，是故我病；若一切众生得不病者，则我病灭。所以者何？菩萨为众生故入生死，有生死则有病；若众生得离病者，则菩萨无复病，譬如长者唯有一子，其子得病父母亦病，若子病愈父母亦愈。菩萨如是，于诸众生爱之若子，众生病则菩萨病，众生病愈菩萨亦愈。又言是疾何所因起？菩萨疾者，以大悲起。"

文殊菩萨又问了几个关于疾病的问题，例如："居士的病，是何等相？""菩萨应该如何安慰生病的菩萨？""生病的菩萨应该怎么样调伏心性？"

维摩诘都有非常精辟生动的回答，但他所说明的无非是菩萨与众生的关系，关于病相，他说："我病无形不可见。""众生病从四大起，以其有病，是故我病。"关于如何安慰有病菩萨，他说："说身无常，不说厌离于身；说身有苦，不说染于涅槃；说身无我，而说教导众生；说身空寂，不说毕竟寂灭；说悔先罪，而不说入于过去……"关于调伏其心，他说："设身有苦，念恶趣众生起大悲心，我既调伏，亦当调伏一切众生，但除其病，而不除法，为断病本而教导之。"

在维摩诘的心中，菩萨不是一个独立的个体，不是一个高高在上的个体，也不是一个与众不同的个体，菩萨是在众生里面，一个有血有肉的人，任何忘记了众生，只求自己得益的，就不够格称为菩萨。后来他进一步说明“悲”的意思，就给“悲”下了这样的注解：“菩萨所作功德，皆与一切众生共之。”

正在文殊师利与维摩诘辩经的时候，有一位天女就在菩萨与大弟子的身上散花，花散在菩萨身上立即落下，可是落在弟子身上就粘在身上，一切弟子用神通力想使花落下，花却不落下。

天女就问舍利弗：“何故去华？”

舍利弗：“这花不如法，所以要去掉它。”

天女给舍利弗上了非常美丽的一课：“勿谓此华为不如法，所以者何？是华无所分别，仁者自生分别想耳。若于佛法出家，有所分别为不如法，无所分别则如法。观诸菩萨华不着者，已断一切分别想故。譬如人畏时，非人得其便；如是弟子畏生死故，色声香味触得其便也，已离畏者，一切五欲无能为也。结习未尽，华着身耳；结习尽者，华不着也。”

用花来象征五欲，真是美丽的象征，对菩萨来说，逢到什么事都不能染其心，因为他的心没有分别，平等一如，所以不被外境所转。

一切烦恼为如来种

在《维摩诘经》里，文殊菩萨也说了许多深刻动人而有智慧的话，例如在《佛道品》里，维摩诘就问文殊："什么是如来的种子？"文殊的回答非常之美，与天女散花前后呼应，成为后来影响中国人对莲花爱好的基本观念，也影响了后来的中国文学。

文殊菩萨说："有身为种。无明、有爱为种。贪、恚、痴为种。四颠倒为种。五盖为种。六入为种。七识处为种。八邪法为种。九恼处为种。十不善道为种。以要言之，六十二见及一切烦恼，皆是佛种。"

他进一步说："……譬如高原陆地不生莲华，卑湿淤泥乃生此华……又如植种于空，终不得生，粪壤之地乃能滋茂……是故当知，一切烦恼为如来种，譬如不下巨海，不能得无价宝珠，如果不入烦恼大海，则不能得一切智宝。"

这是多么让人动容呀！修小乘的人一直都想厌离这个世间，要断灭烦恼，可是大乘行者是踩在最坏的土地上，还能开出美丽的花，而且环境越坏，他开出的花就越美丽，对一位永远站在干净高地俯视人间之苦的人，他就永远不能开出一朵花来！

但是，处在污泥的人不应该随污泥而败坏、腐烂，因为种子虽在污泥之中，种性却不受染，反而在污泥里吸取菩提的养分，这才是真种子。

维摩诘与文殊还有一段精妙对话，是在本经的《入不二法门品》。维摩诘对众菩萨说："各位仁者，请问什么是菩萨入的不二法门？"

菩萨们在维摩诘的请问下，一一依次说出心中修行的不二法门，每一位菩萨所说都是精彩非凡，最后轮到文殊，文殊说："如我意者，于一切法无言、无说、无示、无识，离诸问答，是为入不二法门。"

说完后，文殊问维摩诘："我等各自说已，仁者当说，何等是菩萨入不二法门？"

在场的菩萨全部屏息等待维摩诘的答案，等了许久，维摩诘默然无言，文殊师利忍不住赞叹道："善哉！善哉！乃至无有文字、语言，是真入不二法门。"

原来，文殊与维摩诘的对话，前面算是平分秋色，到这里，维摩诘的一阵沉默，才使文殊自叹不如，承认维摩诘的道行比他更高。维摩诘这戏剧性的"一默"，在佛教经典中非常有名，有的法师说："维摩诘的一默，有如响雷。"而这部经到这里也发展到了峰顶。

众香国的一碗饭

维摩诘看看时间，发现吃饭的时刻到了，就请在座的菩萨、弟子们稍候，说要请他们吃饭。

他告诉菩萨、弟子们在非常非常遥远的地方，有一个国土叫众香国，有香积佛在那里说法，那里只有修大乘的清净菩萨众，从来没有小乘的名字。那里的一切都是以香作楼阁，花园土地都是香的，那里的饭最香，香气可以周流十方无量世界。

维摩诘于是变现一个化身菩萨，即时升过四十二恒河沙佛土，向香积佛说明来意，香积如来就用众香钵盛满一碗香饭，赐给化身菩萨，当时在场的众香国九百万菩萨都为了看娑婆世界的情形而随化身菩萨前来。

化身菩萨把饭端回来的时候，饭香弥漫了整个毗耶离城，甚至遍满三千大千世界，维摩诘就对大家说："这是香积如来的甘露味饭，是由大悲心所熏，大家可以尽量地吃。"

里面有修小乘的人就想：这么多人要吃，怎么只有一碗饭？

化身菩萨知道了就说："勿以声闻小德、小智称量如来无量福慧，四海有竭，此饭无尽。"于是，单这一碗饭就使众人吃饱还没有吃完，而且吃过这饭的不论菩萨、声闻、天、人都身安快乐，毛孔都出妙香。

众香国来的菩萨看到娑婆世界的情景，不禁心有戚戚焉，对娑婆的苦恼而感慨，对来投生娑婆世界菩萨的大悲而感慨。

但是，维摩诘告诉他们，在这么败坏的世界里，菩萨一世的利益众生，他的修行就胜过在清净庄严佛土百千劫的修行，原因很简单，因为这个娑婆世界有十善法是其他净土没有的，十善法是什么呢？他说：

以布施摄贫穷。以净戒摄毁禁。
以忍辱摄嗔恚。以精进摄懈怠。
以禅定摄乱意。以智慧摄愚痴。
说除难法度八难者。以大乘法度乐小乘者。
以诸善根济无德者。常以四摄[①]成就众生者。

在这里，维摩诘肯定了苦难世界的正面意义，众香国当然是清净的菩萨净土，娑婆世界不能与之相比，但娑婆有奥妙殊胜的地方，因为它对菩萨是真正的大考验，所以维摩诘认为在娑婆修行的菩萨才是最可珍惜的。

这也正是佛陀后来对阿难所说的："菩萨入此门者，若见一切净好佛土，不以为喜，不贪不高；若见一切不净佛土，不以为忧，不碍不没。"

所有处在这世界开始觉悟的人，都必然会感受到这世界的苦，然而如果在苦中还能锻炼自我、成就众生，苦又有何可畏呢？

理想的居士典型——维摩诘

《维摩诘经》的故事到这里就算结束了，确实是一部优美、动人、

---

① 四摄是布施、爱语、利行、同事。

有力量的经典。

写到这里，我想到维摩诘说的两段话，说不定可以用来说明这部经，他对大迦叶说："十方无量阿僧只劫（一个无限长的时间）世界中作魔王者，多是住不可思议解脱菩萨，以方便力故，教化众生，现作魔王。"

另一段是文殊问他："菩萨如何通达佛道？"他说："若菩萨行于非道，是为通达佛道。"

说明了菩萨所走的是曲折的道路，他有时甚至发愿走非道，乃至化身魔王，为的是经过这种大的考验，使他更能体验佛道的真实。菩萨不畏惧表面的邪曲、非道、垢行或魔行，只因在他的内心是以众生的完成当作伟大的目标，只要众生成就，他的外表是在所不计的。

《维摩诘经》与别的佛经不同，它有很强烈的人间性，维摩诘虽是一个居士，在这部经里他是完美的居士，他是一种理想的典型。所以，维摩诘是一切经典中最伟大、令人难忘的居士。

我自己最喜爱这部经的理由，是它的气派恢宏、堂堂正正、充满信念、无拘无束的气息。我们末法时代的人，很少能读到这样有气势的作品，让人觉得自己壮大、有智慧、能为众生活着、能走很长远的道路。

○

贰

把烦恼写在沙滩上

来自心海的消息

几天前，我路过一座市场，看到一位老人蹲在街边，他的膝前摆了六条红薯，那红薯铺在面粉袋上，由于是紫红色的，令人感到特别的美。

老人用沙哑的声音说："这红薯又叫山药，在山顶掘的，炖排骨很补，煮汤也可清血。"

我小时候常吃红薯，就走过去和老人聊天，原来老人住在坪林的山上，每天到山林间去掘红薯，然后搭客运车到城市的市场叫卖。老人的红薯一斤卖四十元，我说："很贵呀！"

老人说："一点儿也不贵，现在红薯很少了，有时要到很深的山里才找得到。"

我想到从前物质匮乏的时候，我们也常到山上去掘野生的红薯，以前在乡下，红薯是粗贱的食物，没想到现在竟是城市里的珍品了。

买了一个红薯，足足有五斤半重，老人笑着说："这红薯长到这样大要三四年时间呢！"老人哪里知道，我买红薯是在买一些失去的回忆。

提着红薯回家的路上，看到许多人排队在一个摊子前等候，好奇地走上前去，才知道他们是在排队买“番薯糕”。

番薯糕是把番薯煮熟了，捣烂成泥，拌一些盐巴，捏成一团，放在锅子上煎成两面金黄，内部松软，是我童年常吃的食物，没想到台北最热闹的市集，竟有人卖，还要排队购买。

我童年的时候非常贫困，几乎每天都要吃番薯，母亲怕我们吃腻，把普通的番薯变来变去，有几样番薯食品至今仍然令我印象深刻，一个就是“番薯糕”，看母亲把一块块热腾腾的、金黄色的番薯糕放在陶盘上端出来，至今仍然使我怀念不已。

另一种是番薯饼，母亲把番薯弄成签，裹上面粉与鸡蛋调成的泥，放在油锅中炸，也是炸到通体金黄时捞上来。我们常在午后吃这道点心，孩子们围着大灶等候，一捞上来，边吃边吹气，还常烫了舌头，母亲总是笑骂:“夭鬼！”

还有一种是在宵夜时吃的，是把番薯切成丁，煮甜汤，有时放红豆，有时放凤梨，有时放点儿龙眼干，夏夜时，我们总在庭前晒谷场围着大人说故事，每人手里一碗番薯汤。

那样的时代，想起来虽然辛酸，却有一种难以言说的幸福。我父亲生前谈到那段时间的物质生活，常用一句话形容:“一粒田螺煮九碗公汤！”

今天随人排队买一块十元的番薯糕，特别使我感念为了让我们喜欢吃番薯，母亲用了多少苦心。

卖番薯糕的人是一位少妇，说她来自宜兰乡下，先生在台北谋生，为了贴补家用，想出来做点儿小生意，不知道要卖什么，突然想起小时候常吃的番薯糕，在糕里多调了鸡蛋和奶油，就在市场里卖起来了。她每天只卖两小时，天天供不应求。

我想，来买番薯糕的人当然有好奇的，大部分基于怀念，吃的时候，整个童年都会从乱哄哄的市场寂静深刻地浮现出来吧！

“番薯糕”的隔壁是一位提着大水桶卖野姜花的老妇，她站的位置刚好，使野姜花的香正好与番薯糕的香交织成一张网，我则陷入那美好的网中，看到童年乡野中野姜花那纯净的秋天！

这使我想起不久前，朋友请我到福华饭店去吃台菜，饭后叫了两个甜点，一个是芋仔饼，一个是炸香蕉，都是我童年常吃的食物。当年吃这些东西是由于芋头或香蕉生产过剩，根本卖不出去，母亲想法子让我们多消耗一些，免得暴殄天物。

没想到这两样食物现在成为五星级大饭店里的招牌甜点，价钱还颇不便宜，吃炸香蕉的人大概不会想到一盘炸香蕉的价钱在乡下可以买到半车香蕉吧？

时代真是变了。时代的改变，使我们检证出许多事物的珍贵或卑贱、美好或丑陋只是心的觉受而已，它并没有一个固定的面目，心如果不流转，事物的流转并不会使我们失去生命价值的思考；而心如果浮动，时代一变，价值观就变了。

克勤圆悟禅师去拜见真觉禅师时，真觉禅师正在生大病，膀子上生疮，疮烂了，血水一直流下来，圆悟去见他，他指着膀上流下的脓血说："此曹溪一滴法乳。"

圆悟大疑，因为在他的心中认定，得道的人应该是平安无事、欢喜自在，为什么这个师父不但没有平安，反而指说脓血是祖师的法乳呢？于是说："师父，佛法是这样的吗？"真觉一句话也不说，圆悟只好离开。

后来，圆悟参访了许多当代的大修行者，虽然每个师父都说他是大根利器，他自己知道并没有开悟。最后拜在五祖法演的门下，把平生所学的都拿来请教五祖，五祖都不给他印可，他愤愤不平，背弃了五祖。

他要走的时候，五祖对他说："待你着一顿热病打时，方思量我在！"

满怀不平的圆悟到了金山，染上伤寒大病，把生平所学的东西全拿出来抵抗病痛，没有一样有用的，因此在病榻上感慨地发誓："我的病如果稍微好了，一定立刻回到五祖门下！"这时的圆悟才算真实地知道为什么真觉禅师把脓血说成是法乳了。

圆悟后来在五祖座下，有一次听到一位居士来向师父问道，五祖对他说："唐人有两句小艳诗与道相近，'频呼小玉原无事，只要檀郎认得声'。"居士有悟，五祖便说："这里面还要仔细参。"

圆悟后来问师父："那居士就这样悟了吗？"五祖说："他只是认得声而已！"圆悟说："既然说只要檀郎认得声，他已经认得声了，为什么还不是呢？"五祖大声地说："如何是祖师西来意？庭前柏树子，去！"圆悟心中有所省悟，突然走出，看见一只鸡飞上栏杆，鼓翅而鸣，他自问道："这岂不是声吗？"于是大悟，写了一首偈：

金鸭香销锦绣帏，笙歌丛里醉扶归；
少年一段风流事，只许佳人独自知。

我很喜欢这个故事，特别是真觉对圆悟说自己的脓血就是曹溪的法乳，还有后来"见鸡飞上栏杆，鼓翅而鸣"的悟道。那是告诉我们，真实的智慧是来自平常的生活，是心海的一种体现，如果能听闻到心海的消息，一切都是道，番薯糕或者炸香蕉，在童年穷困的生活与五星级大饭店的台面上，都是值得深思的。

圆悟曾说过一段话，我每次读了，都感到自己是多么的庄严而雄浑，他说：

山头鼓浪，井底扬尘；眼听似震雷霆，耳观如张锦绣。三百六十骨节，一一现无边妙身；八万四千毛端，头头彰宝王刹海。不是神通妙用，亦非法尔如然；苟能千眼顿开，直是十方坐断。

心海辽阔广大，来自心海的消息是没有五官，甚至是无形无相的，用眼睛来听，以耳朵观照，在每一个骨节、每一个毛孔中都有庄严的宝殿呀！

夜里，我把紫红色的红薯煮来吃，红薯煮熟的质感很像汤圆，又软又糯，想起很久很久以前在晒着谷子的庭院吃红薯汤，突然看见一只鸡飞上栏杆，鼓翅而鸣。

呀！这世界犹如少女呼叫情郎的声音那样温柔甜蜜，来自心海的消息看这现成的一切，无不显得那样的珍贵、纯净而庄严！

爱语

读《大般若波罗蜜多经》,讲到了菩萨的“四摄”,非常令人感动。

什么是“四摄”呢?就是布施、爱语、利行、同事四种摄受一切有情,令有情众生起亲爱之心,然后得闻正法的方法。四摄与“慈悲喜舍”四无量心和“布施、持戒、忍辱、精进、禅定、智慧”六波罗蜜，都是菩萨行的重要方法。但是四无量心和六波罗蜜都有止恶、行善、自净、利他四种意义，是自利利他的，唯独四摄是纯粹的利他。

其中特别令人动容的是“爱语”，由于我们在这污浊的人间，每天都在忍受种种不优美、不纯净的语言，所以爱语显得特别重要。什么是“爱语”呢?《瑜伽师地论》里说:“云何菩萨自性爱语?谓菩萨于诸有情，常常宣说悦可意语、谛语、法语、引摄义语，当知是名略说菩萨爱语自性。”

“云何菩萨一切爱语?谓此爱语略有三种，一者菩萨设慰喻语，由此语故，菩萨恒时对诸有情，远离颦蹙，先发善言。舒颜平视，含笑为先……以是相等慰问有情。二者菩萨设庆悦语，由此语故，菩萨见有情妻子眷属财谷其所昌盛而不自知，如应觉悟以申庆悦，或知信戒闻舍慧增亦复庆悦。三者菩萨设胜益语，由此语故，菩萨宣说一切种德圆满法教相应之语，利益安乐一切有情。”

我们用白话来说，就是菩萨对一切有情众生，常用欢喜的言词说令人欢喜的话、真实的话、正法的话、引导进入道理的话，这是爱语的性质。

菩萨所用的爱语有三种：一种是安慰晓喻语，以和颜悦色、不愁眉苦脸来安慰众生，使众生心安而明义理；二是欢喜庆祝语，凡看到人家妻贤子孝、衣食丰足，或看到人家在正法上有所得，都能欢喜地庆祝；三是殊胜利益语，是说菩萨的语言永远和义理、正法圆融相应，使一切有情众生听了能有利益而得安乐。

爱语，是我们现代社会普遍冷漠的一帖良药，有时我们一整天没有说过一句爱语，同样一整天没听过一句爱语，我们听到的如果不是言不及义的话，就是妄语、恶口、两舌、绮语，常常觉得难以消受。

有一次，我到区公所排队办事，排了老半天，看到办事的小姐一直紧绷着脸，从没有对一个人和颜悦色、好言相向，当然每一个人面对她时，无不是胆战心惊、小心翼翼。使我想到，像这样的小姐，她活着是多么孤单而痛苦啊！她脸上和心上的每一条筋肉都因冷酷而僵硬了。

如果有一天她从迷执中醒来，用爱语来帮助排队办事的人，她不就是菩萨了吗？因为爱语就是布施、就是利行、就是同事，是一切菩萨的立足之处。

来果禅师说："恶口一言，角长头上；伤人一语，尾生臀际。"是警策之语，更进一步的，应是仁者口中无恶言，也就是爱语。《佛地经》里说四无量心，"慈是无嗔""悲是不害""喜是庆悦""舍是平等"，爱语在本质上就包含了四种无可限量的心行，因为只有无嗔、不害、庆悦、平等的人才说得出爱语；也只有常说爱语的人才能庄严清净、常怀欢喜、心胸明朗，不被一切的烦恼所恼害，不为一切外境所摇动。

在这个社会，只要人人肯一天说几次爱语，就不知道要增加多少和谐优雅的气氛了。

太阳雨

对太阳雨的第一印象是这样子的。

幼年随母亲到芋田里采芋梗，要回家做晚餐，母亲用半月形的小刀把芋梗采下，我蹲在一旁看着，想起芋梗油焖豆瓣酱的美味。

突然，被一阵巨大震耳的雷声所惊动，那雷声来自远方的山上。

我站起来，望向雷声的来处，发现天空那头的乌云好似听到了召集令，同时向山头的顶端飞驰奔跑去集合，密密层层地叠成一堆。雷声继续响着，仿佛战鼓频催，一阵急过一阵，忽然，将军喊了一声："冲呀！"

乌云里哗哗洒下一阵大雨，雨势极大，大到数公里之外就听见噼啪之声，撒豆成兵一样。我站在田里被这阵雨的气势慑住了，看着远处的雨幕发呆，因为如此巨大的雷声、如此迅速集结的乌云、如此不可思议的澎湃之雨，是我第一次看见。

说是"雨幕"一点儿也不错，那阵雨就像电影散场时拉起来的厚重黑幕，整齐地拉成一列，雨水则踏着军人的正步，齐声踩过田原，还呼喊着雄壮威武的口令。

平常我听到大雷声都要哭的，那一天却没有哭，就像第一次被鹅咬到屁股，意外多过惊慌。最奇异的是，雨虽是那样大，离我和母亲的位置不远，而我们站的地方依然阳光普照，母亲也没有跑的意思。

“妈妈，雨快到了，下很大呢！”

“是西北雨，没要紧，不一定会下到这里。”

母亲的话说完才一瞬间，西北雨就到了，有如机枪掠空，哗啦一声从我们头顶掠过，就在扫过的一刹那，我的全身已经湿透，那雨滴的巨大也超乎我的想象，炸开来几乎有一个手掌大，打在身上，微微发疼。

西北雨淹过我们，继续向前冲去。奇异的是，我们站的地方仍然阳光普照，使落下的雨丝恍如金线，一条一条编织成金黄色的大地，溅起来的水滴像是碎金屑，真是美极了。

母亲还是没有要躲雨的意思，事实上空旷的田野也无处可躲，她继续把未采收过的芋梗采收完毕，记得她曾告诉我，如果不把粗的芋梗割下，包覆其中的嫩叶就会壮大得慢，在地里的芋头也长不坚实。

把芋梗用草捆扎起来的时候，母亲对我说：“这是西北雨，如果边出太阳边下雨，叫作日头雨，也叫作三八雨。”接着，她解释说：“我刚刚以为这阵雨不会下到芋田，没想到看错了，因为日头雨虽然大，却下不广，也下不久。”

我们在田里对话就像家中一般平常，几乎忘记是站在庞大的雨阵中，母亲大概是看到我愣头愣脑的样子，笑了，说：“打在头上会痛吧！”然后顺手割下一片最大的芋叶，让我撑着，芋叶遮不住西北雨，却可以暂时挡住雨打的疼痛。

我们工作快完的时候，西北雨就停了，我随着母亲沿田埂走回家，看到充沛的水在圳沟里奔流，整个旗尾溪都快涨满了，可见这雨虽短暂，却是多么巨大。

太阳依然照着，好像无视于刚刚的一场雨，我感觉自己身上的雨水向上快速地蒸发，田地上也像冒着腾腾的白气。觉得空气里有一股甜甜的热，土地上则充满着生机。

“这西北雨是很肥的，对我们的土地是最好的东西，我们做田人，偶尔淋几次西北雨，以后风呀雨呀，就不会轻易让我们感冒。”田埂只容一人通过，母亲回头对我说。

这时，我们走到蕉园附近，高大的父亲从蕉园穿出来，全身也湿透了，“咻！这阵雨真够大！”然后他把我抱起来，摸摸我的光头，说：“有给雷公惊到否？”我摇摇头，父亲高兴地笑了：“哈……金刚头，不惊风、不惊雨、不惊日头。”

接着，他把斗笠戴在我头上，我们慢慢地走回家去。

回到家，我身上的衣服都干了，在家院前我仰头看着刚刚下过太阳雨的田野远处，看到一条圆弧形的彩虹，晶亮地横过天际，天空中干净清朗，没有一丝杂质。

每年到了夏天，在台湾南部都有西北雨，午后刚睡好午觉，雷声就会准时响起，有时下在东边，有时下在西边，像是雨和土地的约会。在台北都城，夏天的时候如果空气污浊，我就会想："如果来一场西北雨就好了！"

西北雨虽然狂烈，却是土地生机的来源，也让我们在雄浑的雨景中感到人是多么渺小。

我觉得这世界之所以会人欲横流、贪婪无尽，是由于人不能自见渺小，因此对天地与自然的律则缺少敬畏的缘故。大风大雨在某些时刻给我们一种无尽的启发，记得我小时候遇过几次大台风，从家里的木格窗看见父亲种的香蕉成排成排地倒下去，心里忧伤，却也同时感受到无比的大力，对自然有一种敬畏之情。

台风过后，我们小孩子会相约到旗尾溪"看大水"，看大水淹没了溪洲，淹到堤防的腰际，上游的牛羊猪鸡，甚至农舍的屋顶，都在溪中浮沉漂流而去，有时还会看见两个人合围的大树，整棵连根流向大海，我们就会默然肃立，不能言语，呀！从山水与生命的远景看来，人是渺小一如蝼蚁的。

我时常忆起那骤下骤停、瞬间阳光普照，或一边下大雨一边出太阳的“太阳雨”。所谓的“三八雨”就是一块田里，一边下着雨，另外一边却不下雨，我有几次站在那雨线中间，让身体的右边接受雨的打击、左边接受阳光的照耀。

“三八雨”是人生的一个谜题，使我难以明白，问了母亲，她三言两语就解开这个谜题，她说：“任何事物都有界限，山再高，总有一个顶点；河流再长，总能找到它的起源；人再长寿，也不可能永远活着；雨也是这样，不可能遍天下都下着雨，也不可能永远下着……”

在过程里固然变化万千，结局也总是不可预测的，我们可能同时接受着雨的打击和阳光的温暖，我们也可能同时接受阳光无情的暴晒与雨水有情的润泽，山水介于有情与无情之间，能适性地、勇敢地举起脚步，我们就不会因自然的风雨而轻易得感冒。

在苏东坡的词里有一首《水调歌头》，是我很喜欢的，他说：

落日绣帘卷，亭下水连空。
知君为我新作，窗户湿青红。
长记平山堂上，攲枕江南烟雨，杳杳没孤鸿。
认得醉翁语：山色有无中。

一千顷，都镜净，倒碧峰。
忽然浪起掀舞，一叶白头翁。
堪笑兰台公子，未解庄生天籁，刚道有雌雄。

一点浩然气，千里快哉风！

在人生广大的倒影里，原没有雌雄之别，千顷山河如镜，山色在有无之间，使我想起南方故乡的太阳雨，最爱的是末后两句："一点浩然气，千里快哉风！"心里存有浩然之气的人，千里的风都不亦快哉，为他飞舞，为他鼓掌！

这样想来，生命的大风大雨，不都是我们的掌声吗？

路上捡到一粒贝壳

午后，在仁爱路上散步。

突然看见一户人家院子种了一棵高大的面包树，那巨大的叶子有如扇子，一扇扇地垂着，迎着冷风依然翠绿，一如在它热带祖先的雨林中。

我站在围墙外面，对这棵面包树感到十分兴趣，那家人的宅院已然老旧，不过在这一带有着一个平房，必然是亿万的富豪了。令我好奇的是这家人似乎非常热爱园艺，院子里有着许多高大的树木，园子门则是两株九重葛往两旁生长而在门顶握手，使那两扇厚重的绿门仿佛戴着红与紫两色的帽子。

绿色的门在这一带是十分醒目的。我顾不了礼貌的问题，往门隙中望去，发现除了树木，主人还经营了花圃，各色的花正盛开，带着颜色在里面吵闹。等我回过神来，退了几步，发现寒风还鼓吹着双颊，才想起，刚刚往门内那一探，误以为真是春天了。

脚下有一些裂帛声，原来是踩在一张面包树的扇面了，叶子大如脸盆，却已裂成四片，我遂兴起了收藏一张面包树叶的想法，找到比较完整的一片拾起，意外，可以说非常意外地发现了，树叶下面有一粒粉红色的贝壳。把树叶与贝壳拾起，就离开了那个家门口。

但是，我已经不能专心地散步了。

冬天的散步，于我原有运动身心的功能，本来在身心上都应该做到无念和无求才好，可惜往往不能如愿。选择固定的路线散步，当然比较易于无念，只是每天遇到的行人不同，不免使我常思索起他们的职业或背景来，幸而城市中都是擦身而过的人，念起念息有如缘起缘灭，走过也就不会挂心了；一旦改变了散步的路线，初开始就会忙碌得不得了，因为新鲜的景物很多，念头也蓬勃，仿佛汽水开瓶一样，气泡兴兴灭灭地冒出来，念头太忙，回家来会使我头痛，好像有某种负担；还有一种情况，是很久没有走的路，又去走一次，发现完全不同了，这不同有几个原因，一个是自己的心境改变了，一个是景观改变了，还有一个重要的原因，是季节更迭了，使我知道，这个世界是无常的因缘所集合而成，一切可见、可闻、可触、可尝的事物竟没有永久（或只是较长时间）的实体，一座楼房的拆除与重建只是比浮云飘过的时间长一点，终究也是幻化。

我今天的散步，就是第二种，是旧路新走。

这使我在尚未捡面包树叶与贝壳之前，就发现了不少异状。例如我记得去年的这个时间，安全岛的菩提树叶已经开始换装，嫩红色的小叶芽正在抽长，新鲜、清明、美而动人。今年的春天似乎迟了一些，菩提树的叶子，感觉竟是一叶未落，老得有一点乌黑，使菩提树看起来承受了许多岁月的压力，发现菩提树一直等待春天，使我也有些着急起来。

木棉花也是一样，应该开始落叶，却尚未落。我知道，像雨降、风吹、叶落、花开、雷鸣、惊蛰都是依时序的缘升起，而今年的春天之缘，为什么比往年来得晚呢？

还看到几处正在赶工的大楼，长得比树快多了，不久前开挖的地基，已经盖到十楼了。从前我们形容春雨来时农田的笋子是“雨后春笋”，都市的楼房生长也是雨后春笋一样的。这些大楼的兴建，使这一带的面目完全改观，新开在附近的商店和一家超级啤酒屋，使宁静与绿意备受压力。

记忆最深刻的是路过一家新开的古董店，明亮橱窗最醒目的地方摆了一个巨大的白水晶原矿石，店家把水晶雕成一只台湾山猪正被七只狼（或者狗）攻击的样子，为了突出山猪的痛苦，山猪的蹄子与头部是镶了白银的，咧嘴哀嚎，状极惊慌。标价自然十分昂贵，我一辈子一定不能储蓄到与那标价相等的金钱。对于把这么美丽而昂贵的巨大水晶（约有桌面那么大），却做了如此血腥而鄙俗的处理，竟使我生出了一丝丝恨意和巨大怜悯，恨意是由雕刻中的残忍意识而生，怜悯是对于可能把这座水晶买回的富有的人。其实，我们所拥有和喜爱的事物无不是我们心中的呈现而已。

如果我有一块如此巨大的水晶，我愿把它雕成一座春天的花园，让它有透明的香气；或者雕成一尊最美丽的观世音菩萨，带着慈悲的微笑，散放清明的光芒；或者雕成几个水晶球，让人观想自性的光明；或者什么都不雕，只维持矿石的本来面目。

想了半天才叫了起来，忘记自己一辈子不可能拥有这样的水晶，但这时我知道不能拥有比可以拥有或已经拥有使我更快乐。有许多事物，“没有”其实比“持有”更令人快乐，因为许多的有，是烦恼的根本，而且不断在追求有，会使我们永远徘徊在迷惑与堕落的道路上。幸而我不是太富有，还能知道在人世中觉悟，不致被福报与放纵所蒙蔽；幸而我也不是太忙碌或太贫苦，还能在午后散步，兴趣盎然地看着世界。从污秽的心中呈现出污秽的世界，从清净的心中呈现出清净的世界，人的境况或有不同，若能保有清净的观照，不论贫富，事实上都不能转动他。

看看一个人的念头多么可怕，简直争执得要命，光是看到一块残忍的水晶雕刻，就使我跳跃一大堆念头，甚至走了数百公尺完全忽视眼前的一切。直到心里的一个声音才使我从一大堆纷扰的念头中醒来：“那只是一块水晶，山猪或只是心的觉受，就好像情人眼中的兰花是高洁的爱情，养兰者的眼中兰花总有个价钱，而武侠小说里，兰花常常成为杀手冷酷的标志。其实，兰花，只是兰花。”

从念头中惊醒，第一眼就看到面包树，接下来的情景如同上述。拿着树叶与贝壳的我也茫然了。

尤其是那一粒贝壳。

这粒粉红色的贝壳虽然新而完好，但不是百货公司出售的那种经过清洗磨光的贝壳，由于我曾在海边住过，可以肯定贝壳是从海岸上捡来不久，还带着海水的气息。奇特的是，海边来的贝壳是如何掉落到仁爱路的红砖道上的呢？或者是无心地遗落，例如跑步时从口袋掉出来？或者是有心地遗落，例如是情人馈赠而爱情已散？或者是……有太多的或者是，没有一个肯定的答案。唯一肯定的是，贝壳，终究已离开了它的海边。

人生活在某时某地，真如贝壳偶然落在红砖道上，我们不知道从哪里、为何、干什么来到这个世界，然后不能明确说出原因就迁徙到这个都市，或者说是飘零到这陌生之都。

“我为什么来这个世界？”这句话使我在无数的春天中辗转难眠，答案是渺不可知的，只能说是因缘的和合，而因缘深不可测。

贝壳自海岸来，也是如此。

一粒贝壳，也使我想起在海岸居住的一整个春天。那时我还多么少年，有浓密的黑发，怀抱着爱情的秘密，天天坐在海边沉思。到现在，我的头发和爱情都有如退潮的海岸，露出它平滑而不会波动的面目。少年的我还在哪里呢？那个春天我没有拾回一粒贝壳、没有摄一张照片，如今竟已完全遗失了一样。偶尔再去那个海岸，一样是春天，却感觉自己只是海面上的一个浮沤，一破，就散失了。

世间的变迁与无常是不变的真理，随着因缘的改变而变迁，不会单独存在、不会永远存在，我们的生活有很多时候只是无明的心所映照的影子。因此，我们可以这样说，少年的我是我，因为我是从那里孕育，而少年的我也不是我，因为他已在时空中消失；正如贝壳与海的关系，我们从一粒贝壳可以想到一片海，甚至与海有关的记忆，竟然这粒贝壳是在红砖道上拾到，与海相隔那么遥远！

想到这些，差不多已走到仁爱路的尽头了，我感觉到自己有时像个狂人，时常和自己对话不停，分不清是在说些什么。我忆起父亲生前有一次和我走在台北街头突然说：“台北人好像猸仔，一天到暗在街仔赖赖趖。”翻成国语是：“台北人好像神经病，一天到晚在街头乱走。”我有时觉得自己是猸仔之一，幸而我只是念头忙碌，并没有像逛街者听见换季打折一般，因欲望而狂乱奔走；而且我走路也维持了乡下人稳重谦卑的姿势，不像台北那些冲锋陷阵或龙行虎步的人，显得轻躁带着狂性。

尤其我不喜欢台北的冬天，不断的阴雨，包裹着厚衣的人在拥挤的街道有如撞球台的圆球撞来撞去。春天来了就会好些，会多一些颜色、多一点生机，还有一些悠闲的暖气。

回到家把树叶插在花瓶里，贝壳放在案前，突然看到桌上的皇历，今天竟是立春了：“立春：斗指东北为立春，时春气始至，四时之卒始，故名立春也。”

我知道，接下来会有雨水、惊蛰、春分、清明、谷雨，台北的菩提树叶换新，而木棉与杜鹃会如去年盛开。

小河里有白鹅

教孩子唱儿歌的时候，有一首二十年没唱的几乎遗忘的小歌，突然溜到口边，一下子唱了出来：

我家门前有小河
后面有山坡
山坡上面野花多
野花红似火
小河里有白鹅
鹅儿戏绿波
戏弄绿波
鹅儿快乐
昂头唱情歌

孩子还小，根本听不懂这首儿歌的意思，只是哼哼哈哈地学唱，但我自己唱着，竟先感动起来。这是非常简单的一首儿歌，全部是真景实境的描述，凑在一起，却带给人开朗明快的情绪，说不出来的天地辽阔的感觉。

我一遍一遍地给孩子唱这首歌，他竟听得沉沉睡去了。我坐在儿子的小床边，看着他安详的面容，竟仿佛回到了自己童年学唱这首儿歌的时候。

那是小学三四年级，记得老师在音乐课上只花了一个小时，就把全班四十几个同学教会了这首歌。为什么大家学得这么快呢？原因是那是每一个乡下家庭的真实情况，几乎每家前边的不远处都有一条小河，后面总有个山坡，河里有游耍的白鹅，山坡上开满红鲜的野花。因此我们在唱歌的时候，虽然坐在教室，却从每一句中都看见了真实的情景，留下极为深刻的印象。

我后来并不常唱这首歌，不期经过二十年它自己从心底跑了出来，我才知道，原来一首歌也自有它的生命，并不会在时间里消失。消失掉的反而是歌里所描写的东西，不要说都市了，连乡下的老家也没有小河山坡，更别说野花白鹅了。

以我的旧家来说，家前本是小河，家后正是山坡，但山坡在多年以前就被铲平，盖起一座市场，每天人来人往，声音嘈杂；近几年，家前小河边的蕉园被规划为都市里的商业区，没多久盖起一家客运公司，两旁全是卖吃食的小店和计程车行。为了大客车行走方便，在小河上修了两座宽达二十米的大水泥桥。

小河几乎完全看不见了，唯一露出来的一段，全被住户堆满垃圾，直到快要看不见流水的地步。真没想到百年来被小镇农民倚为命脉，在上面灌溉、洗衣、钓鱼、玩耍的小河，如今几乎完全失去功能，甚至早就没有鱼了。这条河在小镇逐渐的商业化里，仅存的功能就是雨季来临的时候，把垃圾冲刷到远方去。

商业小镇需要什么河和山呢？需要什么田野呢？小镇的山被铲平，河被掩盖，过去赖以维生的农田由于多数人的转业也日渐在缩小，人在繁衍，屋子在增建，道路要扩宽，工厂陆续盖起，甚至使白鹅野花也没有了容身之地。

过去在乡下，每家每户或多或少养着鸡鸭、白鹅和火鸡，以便作为过年过节的团圆祭祖之用，或者款待远地来的贵客。现在想起来，养家禽不是为了经济的理由，一来是六畜兴旺，乡人相信可以兴家；二是珍惜五谷，吃剩的饭菜不忍丢弃，正好用来养家禽；三来也是一种景观，由于家禽的点缀，使农村更有生气，本来寂静的午后，几只斑斓羽毛的公鸡横过小路，偶尔引颈而吟，顿时使一个小镇充满了声音与色彩。

现在不同了，市场里永远贩卖价廉的鸡鸭，而人们的观念改变，也舍得把吃剩的食物倒弃了，家里养几只白鹅，快乐地在河上唱情歌已经完全失去意义。都市的孩子唱起这样的儿歌更是莫名所以了。

有时候我们真希望给孩子一个良好的生长环境，我觉得最好的当然是前有小河后有山坡的那种，每天从门槛出来，马上看到一个无尽的天地。这个愿望看起来很小，却不容易做到，即使找到有河有山的地方，河已无鱼无虾，山已无草无花，那么河山有何意义？

我们有许多儿歌迟早都要变成一种原野的乡愁了，因为孩子不能了解过去的世界，我们也对这种环境的改变无能为力。

把烦恼写在沙滩上

有一个中年人，年轻时追求的家庭事业都有了基础，但是却觉得生命空虚，感到彷徨而无奈，而且这种情况日渐严重，到后来不得不去看医生。

医生听完了他的陈述，说：“我开几个处方给你试试！”于是开了四帖药放在药袋里，对他说：“你明天九点钟以前独自到海边去，不要带报纸杂志，不要听广播，到了海边，分别在九点、十二点、三点和五点，依序各服用一帖药，你的病就可以治愈了。”

那位中年人半信半疑，但第二天还是依照医生的嘱咐来到海边，一走近海边，尤其是清晨，看到广大的海，心情为之清朗。

九点整，他打开第一帖药服用，里面没有药，只写了两个字“谛听”。他真的坐下来，谛听风的声音、海浪的声音，甚至听到自己心跳的节拍与大自然的节奏合在一起。他已经很多年没有如此安静地坐下来谛听了，因此感到身心都得到了清洗。

到了中午，他打开第二个处方，上面写着“回忆”俩字。他开始从谛听外界的声音转回来，回想起自己从童年到少年的无忧快乐，想到青年时期创业的艰困，想到父母的慈爱、兄弟朋友的友谊，生命的力量与热情重新从他的内在燃烧起来。

下午三点，他打开第三帖药，上面写着“检讨你的动机”。他仔细地想起早年创业的时候，是为了服务人群、热诚地工作，等到事业有成了，则只顾赚钱，失去了经营事业的喜悦，为了自身利益，则失去了对别人的关怀，想到这时，他已深有所悟。

到了黄昏的时候，他打开最后的处方，上面写着“把烦恼写在沙滩上”。他走到离海最近的沙滩，写下“烦恼”两个字，一波海浪立即淹没了他的“烦恼”，洗得沙上一片平坦。

这个中年人回家的路上，再度恢复了生命的活力，他的空虚与彷徨也就治愈了。

这个故事是有一次深研禅学的郑石岩先生谈起关于高登（Arthur Gordon）亲身体验的故事。我一直很喜欢这个故事，因为它在本质上有许多与禅相近的东西。

“谛听”就是“观照”，是专心地听闻外在的声音，其实，“谛听”就是“观世音”，观世音虽是菩萨的名字，但人人都具有观世音的本质，只要肯谛听，观世音的本质就会被开发出来。

“回忆”就是“静虑”，是禅最原始的意涵，也是返观自心的初步功夫。观世音菩萨有另一个名号叫“观自在”，一个人若不能清楚自己成长的历程，如何能观自在呢？

“检讨你的动机”，动机就是身口意的“意”，在佛教里叫作“初发”，意即“初发的心”。一个人如果能时时把握初心，主掌意念，就能随心所欲不逾矩了。

“把烦恼写在沙滩上”，这是禅者的最重要关键，就是“放下”。我们的烦恼是来自执着，其实执着像是写在沙上的字，海水一冲就流走了，缘起性空才是一切的实相，能看到这一层，放下就没有什么难的了。

禅并没有一定的形式与面貌，在世用的许多东西，都具有禅的一些特质，禅自然也不离开生活，如何深入于生活中得到崭新的悟，并有全生命的投入，这是禅的风味。

有一个禅宗的故事这样说，一位禅师与弟子外出，看到狐狸在追兔子。

“依据古代的传说，大部分清醒的兔子可以逃掉狐狸，这一只也可以。”师父说。

“不可能！”弟子回答，“狐狸跑得比兔子快！”

“但兔子将可避开狐狸！”师父仍然坚持己见。

“师父，您为什么如此肯定呢？”

“因为，狐狸是在追它的晚餐，兔子是在逃命！”师父说。

可叹息的是，大部分人过日子都像狐狸追兔子，以致到了中年，筋疲力尽就放弃自己的晚餐，纵使有些人追到了晚餐，也会觉得花那么大的代价，才追到一只兔子感到懊丧。修行者的态度应该不是狐狸追兔子，而是兔子逃命，只有投入全副身心，向前奔驰飞跃，否则一个不留神，就会丧于狐口了。

在生命的“点”和“点”间，快如迅雷，没有一点空隙，甚至容不下思考，就有如兔子奔跑逃命一样，我每想起这个禅的故事，就想到：兔子假如能逃过狐口，在喘息的时候，一定能见及生命的真意吧！

欢乐悲歌

带孩子从八里坐渡轮到淡水去看夕阳。

八里的码头在午后显得十分冷清，虽然与淡水只是一水之隔，却阻断了人潮，使得码头上的污染没有淡水严重，沿海的水仍然清澈可见到海中的游鱼。一旦渡轮前往淡水，开过海口的中线，到处漂浮着垃圾，海面上飘来阵阵恶臭。

到了淡水，海岸上的人潮比拍岸的浪潮还多，卖铁蛋、煮螃蟹、烤乌贼、打香肠、卖弹珠汽水的小贩沿着海岸，布满整个码头，人烟与油烟交织，甚至使人看不清楚观音山的棱线。

许多父母带着小孩，边吃香肠边钓鱼，我们走过去，看到塑胶桶子里的鱼最大的只有食指大小，一些已在桶中奄奄一息，更多的则翻起惨白的肚子。

“钓这些鱼做什么？要吃吗？”我问其中一位大人。

“这么小的鱼怎么吃？”他翻了一下眼睛说。

“那，钓它做什么？”

“钓着好玩呀！”

“这有什么好玩呢？”我说。

那人面露愠色，说：“你做你的事，管别人干什么呢？”我只好带孩子往海岸的另一头走去，这时我看见一群儿童在拿网捞鱼，有几个把捞上来的鱼放在汽水杯里，大部分儿童则是把鱼捞起倒在防波的水泥地上，任其挣扎跳跃而死。有一个比较大的儿童，把鱼倒在水泥地上，然后抬脚，一一把它们踩碎，尸身黏糊糊地贴在地上。

“你在做什么？”我生气地说。“我在处决它们！”那孩子高兴地抬起头来，看到我的表情，他也吃了一惊。“你怎么可以这样残忍，万一你也这样被处决呢？”我激动地说。那孩子于是往岸上跑去，其他的孩子也跟着跑走了，从他们远去的背影，我看见他们的制服上绣着“文化小学”的字样。原来他们是淡水文化小学的学生，而文化小学是在古色古香的“真理街”上。

真理街上的文化小学学生为了好玩，无缘无故处决了与他们一样天真无知的小鱼，想起来就令人心碎。

我带着孩子沿海岸抢救那些劫后余生的小鱼，看到许多已经成为肉泥，许多则成了鱼干，一些刚捞起来的则在翻跳喘息，我们小心地拾起，把它们放回海里，一边做一边使我想到这样的抢救是多么渺茫无望。因为我知道等我离开的时候，那些残暴的孩子还会回来，他们是海岸的居民，海岸是永无宁日的。

我想到丰子恺曾在一篇文章里写道："顽童一脚踏死数百蚂蚁，我劝他不要。并非爱惜蚂蚁，或者想供养蚂蚁，只恐这一点残忍心扩而充之，将来会变成侵略者，用飞机载了重磅炸弹去虐杀无辜的平民。"这种悲怀不是杞人忧天，因为人的习气虽然有很多是从前带来的，但今生的熏习，也足以使一个善良的孩子成为一个凶残的成人呀！

就像古代的法庭中都设有"庭丁"，庭丁一向是选择好人家的孩子，也就是"身家清白"的人担任，专门做鞭笞刑求犯人的工作。这些人一开始听到犯人惨号，没有不惊伤惨戚的，但打的人多了，鞭人如击土石，一点也没有悲悯之心。到后来或谈笑刑求，或心中充满恨意，或小罪给予大刑。到最后，就杀人如割草了。净土宗的祖师莲池大师说到常怀悲悯心，可以使我们免于习气熏染的堕落，他说："一芒触而肤粟，片发拔而色变，己之身人之身疾痛疴痒宁有二乎？"

我们只要想到一支芒刺触到皮肤都会使我们颤抖，一根头发被拔都会痛得变色，再想到别人所受的痛苦有什么不同呢？众生与我们一样，同有母子、同有血气、同有知觉，它们会觉痛、觉痒、觉生、觉死，我们有什么权利为了"好玩"就处决众生，就使众生挣扎、悲哀、恐怖地死去呢？

有没有人愿意想一想，我们因为无知的好玩，自以为欢乐，却造成众生的悲歌呢？

沿着海岸步行，我告诉孩子应如何疼惜与我们居住于同一个地球的众生，走远了，偶尔回头，看见刚刚跑走的真理街文化小学的孩子又回到海边，握着红红绿绿的网子，我的心又为之刺痛起来。

“爸爸，他们怎么不知道鱼也会痛呢？”我的孩子问道。

我不知道如何回答，而默然了。

记得有一位住在花莲的朋友曾告诉我，他在海边散步时也常看到无辜被“处死”的小鱼，但那不是儿童，而是捞鳗苗或虱目鱼苗的成人，捞网起来发现不是自己要的鱼苗，就随意倒在海边任其挣扎暴晒至死。朋友这样悲伤地问：“为什么？为什么不能轻移几步，把它们重新放回海里呢？”

可见，不论是大人或小孩，不论在城市或乡村，有许多人因为无知的轻忽制造着无数众生的痛苦以及自己的恶业，大人的习染已深，我执难改，这是无可奈何的事，可是，我们应该如何来启发孩子的悲怀，使他们不至因为无知而堕落呢？以现在的情况来看，由于悲怀的失去，我们在乡村的孩子失去了纯朴，日愈鄙俗；城市的孩子则失去同情，日渐奸巧。在茫茫的世界，我们的社会将要走去哪里呢？

“人是大自然的癌细胞，走到哪里，死亡就到哪里。”我心里浮起这样的声音。

本来是要带孩子来看夕阳的，但在太阳还没有下山前，我们就离开淡水了，坐渡轮再返回八里去。在八里码头，不知何时冒出一个小贩，拉住我，要我买他的“孔雀贝”，一斤十元，十一斤一百元。

我看着那些长得像孔雀尾羽的美丽蛤类，不禁感叹：“人不吃这些东西，难道就活不下去了吗？”

我牵着孩子，沉重地走过码头小巷，虽无心于夕阳，却感觉夕阳在心头缓缓沉落。

人如果不能无私地、感同身受地知觉到众生的苦乐，那么无缘大慈、同体大悲只不过是虚空飘过的风，不能落实到生活中，不能有益于生命呀！

文明是因智慧而创发，但文化则是建立于人文的悲悯之上。

菩提道是以空性为究竟，但真理则以众生的平等与尊重起步。

小丑

在台北东区繁华的街市，偶尔会看到两位小丑，说是“小丑”，只是说他们的脸上画了五颜六色的油彩，不是真正舞台上表演的小丑。

在人群中，我们一眼就会看见他们，匆忙的人群每当走到他们面前，会突然心惊一下，一回神，才又继续匆忙的脚步。

有一位是长得高瘦的青年，他撑着拐杖沿忠孝东路卖口香糖，走累了，就会蹲靠在大百货公司的墙看着人群。他的小丑化妆把脸孔从中划成两半，一半是永远带着笑意，另一半则哭丧着脸，眼角挂着一滴垂到脸颊的泪。

他的脸于是成为一种极为荒诞的组合了，嘴角也是。他那一张艳红的嘴，一半要笑地上扬着，一半欲哭地落了下来。他的半哭半笑的脸，让人一见就不能忘，不过，在天气好的时候，他偶尔会画出一张很欢喜的笑脸，让人感觉很春天。

他的头发更绝，是最流行的庞克头，有时染成好几种颜色，有时如公鸡的红冠高高竖起，在黑夜的人群与流丽的灯光中，他那血脉偾张的头发像箭一样，仿佛支支都要向人的红心射去。那小丑是城市里的孤独者，他总是默默地从此处穿过彼处，特别使人震动的是，他有一双极锐利肃穆的冷眼，每次与他的眼神相遇，令人欲哭，感觉到小丑不应该有那样的眼神。

另一位“小丑”就完全不同了，他驾着一部小型的机动车，车上摆了许多乐器，沿街演奏，完全无视于周围的人群。有一次在顶好广场前，围了一群人，中间传来电子琴和口琴的声音，我从人缝中穿过去，就看到这位小丑了。他的两腿完全失去功能，但他的脸很温和，油彩的化妆也很温和，最奇异的是他的眼，温煦一如春阳。

很显然，小丑也陶醉在自己演奏的乐曲里了，他的欣悦传给了旁边的人，大家都专心地聆听着这位残障者的演奏，用特别的慧心来为人间的温情下注。人群愈围愈多，竟把一整个广场都占满了，连来取缔的警察也站在那里倾听。

为什么两位残障者装扮的小丑有如此大的不同呢？我不知道。我知道的是，他们夸张地把自己打扮起来，是为了引起别人的注视，以及悲悯，来求取生活的温饱；另外，他们对人间事物，应该有独特的自我诠释吧！似乎企图用欢乐的外表来化解人间深沉的悲哀。

今天，我到百货公司的洗手间时，正好遇到年轻的小丑在镜子前补妆，他的盒子里装着各色油彩，一笔一画地往脸上涂抹，出人意料地专注。我看见他那惯常冷漠的眼中有一丝丝忧伤，眉头也深结着，他把头发一撮撮拈起，用发胶固定，然后满意地看着自己的脸。我看着，好像自己也贴近了他那忧伤的心。

我站在旁边静静看着他，一直到他完工为止，他未料到有人观看，竟羞赧地笑了，脸红得使油彩都为之失色。那一刻，我才感叹：呀！这好像经历人世沧桑的小丑原来只是个纯真的大孩子！

走到街上，阳光灿然，真有几分是春天，缤纷的春装已上市，冷然的都市人都到街上温习已失去很久的早春的阳光，年轻人的笑语此起彼落。

有人哭着，也有人欢笑。

有人半边脸欢喜，半边脸流泪。

在另一个日出，我们会发现春天已经来了。

因为春天，不在遥远的天边，不在山水的人间，不在盛放的花蕊，而是在人心。

我常常这样想：如果我是小丑，我要用什么眼神、什么心情来注视这个世界呢？

失恋之必要

这些年来，我时常思考到爱与恨的问题，因此收到你的来信感到特别心惊，你说到连续谈了三场恋爱，被三个不同的男人抛弃，感受到每一次谈恋爱的感觉愈来愈淡薄，每一次被抛弃则愈来愈恨。

第一次失恋，你的感受是：真恨！真想报复他！

第二次，你更进一步谈到：我一定要想办法报复！

第三次的时候，你的心喷出这样的火焰：我要杀死他！

读了你的信，使我在夜暗的庭院中再三徘徊，抬头看着远天的星星，月光如洗，呀！这世界原是这样美好，为什么人的心中要充满恨意来生活呢？由于怀恨，我们的心眼昏眠，就看不见世间一切的好，自然也看不到自己在这里面的角色了。

我们时常谈到爱恨，但很少人去深思爱恨的问题。我现在用佛经的观点来看看爱恨。在南传的《法句经》里，把爱分成四个转变，也就是四个层次：

一、亲爱——对他人的友情。二、欲乐——对某一特定对象的爱情。三、爱欲——建立于性关系的情爱。四、渴爱——因过分执着以至于痴病的爱情。这四个层次逐渐加深，也就逐渐产生苦恼，因此经上说了一首偈：

从爱生忧患，从爱生怖畏；
离爱无忧患，何处有怖畏？

苦恼生出恐惧，恐惧生出悲哀，悲哀再转为嗔恨，其实如果往前追溯，爱与恨是同一根源，好像手心和手背一样，所以佛陀说："爱可生爱，亦可生憎；憎能生爱，亦能生憎。"

什么是恨呢？经典里把愤恨连在一起，说它们是五种障道的力量，也是十种小随烦恼的两种：愤，恨之意，对有情、非情产生愤怒之心。恨，于愤所缘之事，数数寻思，结怨不舍。五种障道之力是欺、怠、嗔、恨、怨，欺能障信，怠能障进，嗔能障念，恨能障定，怨能障慧。

那么，像愤、恨、恼、嫉、害则是以嗔为体，嗔与贪、痴合称为"三毒"，贪与痴加起来产生嗔，所以嗔是心的最大障碍，在《大智度论》里说："嗔恚其咎最深，三毒之中，无重此者；九十八使中，此为最坚；诸心病中，第一难治。"

好了，现在我们知道爱欲与嗔恨的本质是相通的，我们可以来思考一些有趣的问题，一是爱虽然会转为恨，却不一定会转为恨，也可以说，失恋会使一些人意志消沉、愤恨难平，却也能使另外一些人更懂得去爱，开发更广大的胸怀，不幸的，你是属于前者。二是爱恨虽能束缚我们，它只是心的感受，犹如波浪之于大海，其中并没有实体，是缘起缘灭罢了，可叹的是，大部分人不能随缘，反而缘起即住，爱的时候陷溺在爱里，恨的时候沉沦于恨中。

一般人在爱恨的时候很少有检验的精神，很少反观这情绪的变化，因此就难以革新与创发。久而久之，爱恨遂成为一种模式。

“由爱生恨”是最固定的模式，我们从小就被教育了这种模式，我们在电视、小说、电影里学习到这种模式，在亲戚朋友身上感染这种模式，反映到真实生活里，我们在爱情失败时，随之而起的便是恨，没有一个例外。我把这种叫作“模式反应”，那有点像蚊子从我们眼前飞过，它不一定会伤害我们，但我们会下意识地举手去扑杀它一样。

如果不是“模式反应”，为什么千百万人失去爱的时候都反射出恨呢？那是不是人性的真实呢？我有一个朋友说过，欧洲人和美国人失恋，所带来的恨意就比中国人或日本人淡薄得多。大部分西方人在失恋、离婚之后都能与从前的伴侣做朋友，那是他们的模式反应没有像我们一样。

为什么我要和大部分人一样，失恋就憎恨呢？可不可以做一个卓然的人，失恋也不恨呢？

失恋的恨，那是由于两个原因：一是认为失恋是坏事，二是我们沉沦于过去的觉受。

我曾经在笔记上写了两句话:“为了爱，失恋是必要的；为了光明，黑暗是必要的。”

那就好像，如果我们不饥饿，就无法真正享受食物；如果我们不生病，就不知道健康的可贵；如果我们不年老，青春对我们就没有意义；如果我们要种莲花，没有烂泥巴是不行的……

失恋不是坏事，春天过了就是夏天，秋天过了就是冬天，这是必然的过程。我们热爱春秋，但并不能阻挡炎热与寒冷的来临；我们热爱莲花、玫瑰、金盏花、紫丁香，但我们不能使它不凋零。

我们不喜欢凋零，然而，凋零是一种必然。

过去不能让它过去，未来不愿等待未来，是人生最大的悲剧。其实，再怎么好的恋爱，每天都是不同的，我们甚至无法维持对一个人的爱，从早上到晚上都保有同一品质。也就是说，再好的爱都会失去，会成为过去式。

我们之所以为失恋烦恼，是因为我们不愿面对此刻、融入此刻，老是沉湎于过去。可叹的是沉湎于过去的人会失去生的乐趣、失去发现的乐趣、失去创造的可能、失去爱的能力。如果我们愿意走出来，就会发现就在此刻、就在门外，就有许多值得爱的人、许多值得爱的事物。

当然，不只是许多人值得爱，也有许多人等着爱我，只是我关在过去的枷锁里，他们没有机会来爱我吧！我要得到更好、更珍贵、更真实的爱，首先是使我的心得到自由。

看你满腹烦恼、满脸愤恨、满脑子报复之思，就是有这世界上最好的对象，也会被你错过了呀！

让我们一起来做一些创造性的工作，每天清晨起来，把昨天的爱恨全部放下，从零出发，对着镜子好好展现一个最美的笑靥吧！然后梳妆打扮（从心里的庄严开始），把自己最好的、最有魅力的那一面提起来，挺胸抬头走出门外，那才是今天的你、此刻的你。既然你认为自己是善良而美丽的，为什么不把善良和美丽表现出来呢？

如果是我，使我动心的异性，是那些有生机、有活力、能微笑走在风里的人，而不是怀忧丧志，满腹愤恨的人呀！

我说的这些都不是空话，而是我自己的体验，是我的开发与创造。说来你也许难以相信，我很感谢那些从前抛弃过我的人，如果没有她们，就不会造就今天的我呀！

那些没有经过监狱的悲惨的人，不会懂得外面的世界是多么值得欢喜与感恩。你现在知道心灵监狱的悲惨，一旦你走了出来，就可以知道生命确是值得欢舞和庆祝的。

不要哭了，不要恨了，当你停止哭泣与怀恨的那一刻，我在你脸上看到春天的光辉——那时，你是多么美，像一朵金盏花在清晨的阳光下温柔地开放。

虽然我没有见过你，但我真的看见了你转化恨意之后，脸上流转的光辉。

○

叁

处处莲花开

柔软之石

黎明的阳光终于从海岸斜斜地照到山坡上，这山坡原是一大块的苍青色，顺着山势，铺满绒绒的短草。

当阳光照临，苍青色开始转换，换成一片金黄，金黄色的阳光洗过大地，使这原本暗黑的大地也仿若洗尽尘埃，清明无染，草地波浪般柔软，有流动之势。

我忍不住走上这片草地，踏在地上时吃了一惊：这看起来十分柔软的草地竟是非常坚硬，把草拨开时，看见整片的青草是长在坚硬的岩石上。

我难以知悉，为什么岩石上能成长柔软秀美的草，可能是石上薄薄的一层泥土以及热带旺盛的风土吧！

其实，有很多时候，我们看石头可以感受到石之柔软，我们看水却看见了水之坚硬，那只是由于我们的心柔软或坚硬罢了。

最坚硬的石头，在柔软的秋天，也能长出最青翠的草地。

莲花汤匙

洗茶碟的时候，不小心打破了一个清朝的古董汤匙，心疼了好一阵子，仿佛是心里某一个角落跌碎一般。

那个汤匙是有一次在金门一家古董店找到的。那一次我们在山外的招待所，与招待我们的军官聊到古董，他说在金城有一家特别大的古董店，是由一位小学校长经营的，一定可以找到我想要的东西。

夜里九点多，我们坐军官的吉普车到金城去。金门到了晚上全面宵禁，整座城完全漆黑了，商店与民家偶尔有一盏烛光的电灯。由于地上的沉默与黑暗，更感觉到天上的明星与夜色有着晶莹的光明，天空是很美很美的灰蓝色。

到古董店时，“校长”正与几位朋友喝茶。院子里堆放着石磨、石槽、秤锤。房子里十分明亮，与外边的漆黑有着强烈的对比。

就像一般的古董店一样，名贵的古董都被收在玻璃柜子里，每日整理、擦拭。第二级的古董则在柜子上排成一排一排。我在那些摆着的名贵陶瓷、银器、铜器前绕了一圈，没见到我要的东西。后来“校长”带我到西厢去看，那些不是古董而是民间艺术品，因为没有整理，显得十分凌乱。

最后，我们到东厢去，“校长”说：“这一间是还没有整理的东西，你慢慢看。”他大概已经嗅出我是不会买名贵古董的人，不再为我解说，到大厅里继续和朋友喝茶了。

这样，正合了我的心意，我便慢慢地在昏黄的灯光下寻索检视那些灰尘满布的老东西。我找到两个开着粉红色菊花的明式瓷碗，两个民初的粗陶大碗，一长串从前的渔民用来捕鱼的渔网陶坠。蹲得脚酸，正准备离去时，看到地上的角落开着一朵粉红色的莲花。

拾起莲花，原来是一个汤匙，茎叶从匙把伸出去，在匙心开了一朵粉红色的莲花。卖古董的人说：“是从前富贵人家喝莲子汤用的。”

买古董时有一个方法，就是挑到最喜欢的东西要不动声色、毫不在乎。结果，汤匙以五十元就买到了。

我非常喜欢那个莲花汤匙，在黑夜里赶车回山外的路上，感觉到金门的晚上真美，就好像一朵粉红色的莲花开在汤匙上。

回来，舍不得把汤匙收起来，经常拿出来用。每次用的时候就会想起，一百多年前或者曾有穿绣花鞋、戴簪珠花的少女在夏日的窗前迎风喝冰镇莲子汤，不禁感到时空的茫然。小小如一个汤匙，可能就流转过百年的时间，走过千百里空间，被许多不同的人使用，这算不算是一种轮回呢？如果依情缘来说，说不定在某一个前世我就用过这个汤匙，否则，怎么会千里迢迢跑到金门，而且在最偏僻的角落与它相会呢？这样一想，使我怅然。

现在它竟落地成为七片。我把它们一一拾起，端视着不知道要不要把碎片收藏起来。对于一个汤匙，一旦破了就一点用处也没有了，就好像爱情一样，一旦破碎便难以缝补，但是，曾经宝爱的东西总会有一点不舍的心情。

我想到，在从前的岁月里，不知道打破过多少汤匙，却从来没有一次像这一次，使我为汤匙而叹息。其实，所有的汤匙本来都是一块泥土，在它被匠人烧成的那一天就注定有一天会被打破。我的伤感，只不过是它正好在我的手里打破，而它正好画了一朵很美的莲花，正好又是一个古董罢了。

这个世界的一切事物都只不过是偶然。一撮泥土偶然被选取，偶然被烧成，偶然被我得到，偶然地被打破……在偶然之中，我们有时误以为是自己做主，其实是无自性的，在时空中偶然的生灭。

在偶然中，没有破与立的问题。我们总以为立是好的，破是坏的，其实不是这样。以古董为例，如果全世界的古董都不会破，古董终将一文不值；以花为例，如果所有的花都不会凋谢，那么花还会有什么价值呢？如果爱情都能不变，我们将不能珍惜爱情；如果人都不会死，我们必无法体会出生存的意义。然而也不能因为破立无端，就故意求破。大慧宗杲曾说："若要径截理会，需得这一念子嚗地一破，方了得生死，方名悟入。然切不可存心待破。若存心破处，则永劫无有破时。但将妄想颠倒的心、思量分别的心、好生恶死的心、知见解会的心、欣静厌闹的心，一时按下。”

大慧说的是悟道的破，是要人回到主体的直观，在生活里不也是这样吗？一个汤匙，我们明知它会破，却不能存心待破，而是在未破之时真心地珍惜它，在破的时候去看清：“呀，原来汤匙是泥土做的。”

这样我们便能知道僧肇所说的：“不动真际为诸法立处。非离真而立处，立处即真也。然则道远乎哉？触事而真。圣远乎哉？体之即神。”（一个不动的真实才是诸法站立的地方，不是离开真实另有站立之处，而是每一个站立的地方都是真实的。每接触的事物都有真实，道哪里远呢？每有体验之际就有觉意，圣哪里遥远呀？）

我宝爱一个汤匙，是由于它是古董，它又画了一朵我最喜欢的莲花，才使我因为心疼而失去真实的观察。如果回到因缘，僧肇也说得很好。他说：“物从因缘故不有，缘起故不无，寻理即其然矣。所以然者，夫有若真有，有自常有，岂待缘而后有哉？譬彼真无，无自常无，岂待缘而后无也。若有不自有，待缘而后有者，故知有非真有。有非真有，虽有不可谓之有矣。”

一个莲花汤匙，若从因缘来看，不是真实的有，可是在缘起的那一刻又不是无的。一切有都不是真有，而是等待因缘才有，犹如一撮泥土成为一个汤匙需要许多因缘；一切无也不是真的无，就像一个汤匙破了，我们的记忆中它还是有的。

我们的情感，乃至于生命，也和一个汤匙没有两样，“捏一块泥，塑一个我”，我原是宇宙间的一把客尘，在某一个偶然中，被塑成生命，有知、情、意，看起来是有的、是独立的，但缘起缘灭，终又要散灭于大地。我有时候长夜坐着，看看四周的东西，在我面前的是一张清朝的桌子，我用来泡茶的壶是民初的，每一样都活得比我还久，就连架子上我在海边拾来的石头，是两亿七千万年前就存在于这个世界了。这样想时，就会悚然而惊，思及“世间无常，国土危脆”，感到人的生命是多么薄脆。

在因缘的无常里，在危脆的生命中，最能使我们坦然活着的，就是马祖道一说的“平常心”了。在行住坐卧、应机接物都有平常心地，知道“月影有若干，真月无若干；诸源水有若干，水性无若干；森罗万象有若干，虚空无若干；说道理有若干，无碍慧无若干”。（马祖语）找到真月，知道月的影子再多也是虚幻，看见水性，则一切水源都是源头活水……

三祖僧璨说：“莫逐有缘，勿住空忍。一种平怀，泯然自尽。”这“一种平怀”说得真好。以一种平坦的怀抱来生活，来观照，那生命的一切烦恼与忧伤自然就灭去了。

我把莲花汤匙的破片丢入垃圾桶，让它回到它来的地方。这时，我闻到了院子里的含笑花很香很香，一阵一阵，四散飞扬。

深香默默

秋天一到，家屋前两株高大的桂花树，一转眼全盛开了，乳白色的小花一丛一丛地点缀在枝叶间，白日里由于阳光灿亮、枝丫茂盛，桂花隐藏着很难被发现，一到夜晚，它便从叶片后面吐出了香气。

桂花的香味很清淡，但飘得很远，我每天回家，刚走到阶梯口，就远远闻到那淡淡的香气，还常常飘到屋里来。桂花香是所有的花香里最好的，它淡雅而深远，不像有的花香浓烈而浮浅。

盛夏的时候，山下的七里香也开得丰富。那种香真是能飘扬七里外，可是只宜于远赏不适合近闻，距离一近就浓得呛鼻，香得人手足无措。还有，我园子里有两株昙花，开放的时候也有香气，是一种淡淡的奶香，可惜只能凑近地闻，站开一步则渺无气息了。

只有桂花是远近皆宜，淡淡有余裕。

可能是由于桂花的这种特性，凡物一冠上“桂”字就美了三分，“桂林”的山水是天下之冠，“桂竹”是所有竹子中最秀美的，“桂酒”是酒类中最香的，就连广西的“桂江”想起来也是秀丽无匹，诗人的头上加了“桂冠”则是一种至高无上的荣誉。

仔细地想起来，中国人实在是个爱桂的民族，早在吴刚伐桂的神话中，桂树就已有了高大无伦、不能破坏的形象。《酉阳杂俎》里说:“月中有桂树，高五百丈。”这棵桂树是有魂魄的，伐不倒的。苏轼在中秋词里曾为之赞叹:“桂魄飞来光射处，冷浸一天秋碧。”唐朝诗人李德裕也写过“桂殿夜凉吹玉笙”的名句。

历史上还有两位皇帝是爱桂树的，汉武帝曾经造了一个宫殿，用了“七宝床、杂宝案、厕宝屏风、列宝帐”来装饰，这个宫殿和当时的明光殿、柏梁台齐名，名字就叫“桂宫”。后来，南朝的陈后主为他的爱妾张丽华也造过一个“桂宫”，摆设是“圆门如月，障以水晶，庭空洞无物，仅植一桂”，我们很可以想象那个宽广的只植一株桂树的庭院，浪漫而美丽，即使陈后主没有什么治绩，光是这棵桂树，也能传承不朽了。

文学作品里以桂为名的也不少，宋朝词牌有“桂枝香”、清朝剧曲有“桂花霜”，诗人宋之问曾写下“桂子月中落，天香云外飘”，对桂花的香味可以说是一语道尽。

我是爱桂花的，常常把摇椅搬到庭院里看书，晚来的凉风一吹，桂花就开始散放它的魅力，终夜不息，颇有提神醒脑的功用，我常想，这也许就是宋之问当年闻到的“天香”，本不是人间应有。

想到“天香”，我又记起几年前读过一本古老的佛经《维摩诘经》，里面提到一个菩萨的理想世界，名字就叫“众香国”。

这个“众香国”远在四十二恒河的沙佛土，“其国香气，比于十方诸佛世界人天之香，最为第一”，原来在“众香国”里，是以香做楼阁，以香为地，苑闱皆香，甚至菩萨们吃的饭也是香的，它们吃饭时散放出来的香气，可以周流十方无量世界 。盛饭的用具也是香的，叫“众香钵”，所种的树当然也是香树了。

生息在“众香国”的菩萨，甚至到了“毛孔皆出妙香”的地步。由于长在那里的九百万菩萨身上太香，当他们要到人间普度的时候，连佛也不得不告诫他们：“掇汝身香，无令彼诸众生起惑着心。又当舍汝本形，勿使彼国求菩萨者，而自鄙耻。又汝于彼莫怀轻贱，而作碍想。”

香气太盛而有碍度众生，实在是不可思议的事。“众香国”是一个佛经里的浪漫传说，它无微不至的“天香”是人间所不可能的。我想，人间也不必有，人间虽有生苦、有老苦、有病苦、有死苦、有爱别苦、有怨憎会苦、有所求不得苦、有五阴盛苦、有失去荣乐苦等诸苦，可是到底有苦有乐，有臭有香，是个多姿多彩的世界。如果连屎尿、脓血、涕唾都是香的，日子便也没有过下去的意思了。

我的信念是，我们应该有肯定世间一切臭的污秽事物的气魄，因为再腐败的土地也会开出最美丽的莲花。如果莲花不出于淤泥，而长在遍地天香的土地上，它的美丽也不会那么珍贵。

我并不希望人世间都是壮丽美丽的世界，也不期待能生活在众香国度，我只想渴的时候有水喝，夜读的时候，有沉默清雅的桂花深香默默地飘来，就够了。

清净之莲

偶尔在人行道上散步，忽然看到从街道延伸出去，在极远极远的地方，一轮夕阳正挂在街的尽头，这时我会想：如此美丽的夕阳，实在是预示了一天即将落幕。

偶尔在某一条路上，见到木棉花叶落尽的枯枝，深褐色的，孤独地站在街边，有一种萧索的姿势，这时我会想：木棉又落了，人生看美丽木棉花的开放能有几回呢？

偶尔在路旁的咖啡座，看绿灯亮起，一位衣着朴素的老妇，牵着衣饰绚如春花的小孙女，匆匆地横过马路，这时我会想：那个老妇曾经是花一般美丽的少女，而那少女则有一天会成为牵着孙女的老妇。

偶尔在路上的行人天桥站住，俯视着在天桥下川流不息往四面八方奔蹿的车流，却感觉那样的奔驰仿佛是一个静止的画面，这时我会想：到底哪里是起点？而何处才是终站呢？

偶尔回到家里，打开水龙头要洗手，看到喷涌而出的清水，急促地流淌，突然使我站在那里，有了深深的颤动，这时我想着：水龙头流出来的好像不是水，而是时间、心情，或者是一种思绪。

偶尔在乡间小道上，发现了一株被人遗忘的蝴蝶花，形状像极了凤凰花，却比凤凰花更典雅，我倾身闻着花香的时候，一朵蝴蝶花突然飘落下来，让我大吃一惊，这时我会想：这花是蝴蝶的幻影，或者蝴蝶是花的前身呢？

偶尔在静寂的夜里，听到邻人饲养的猫在屋顶上为情欲追逐，互相惨烈地嘶叫，让人的汗毛全部为之竖立，这时我会想：动物的情欲是如此的粗糙，但如果我们站在比较细腻的高点来回观人类，人不也是那样粗糙的动物吗？

偶尔在山中的小池塘里，见到一朵红色的睡莲，从泥沼的浅地中昂然抽出，开出了一个美丽的音符，仿佛无视于外围的染着，这时我会想：呀！呀！究竟要怎样的历练，我们才能像这一朵清净之莲呢？

偶尔……

偶尔我们也是和别人相同地生活着，可是我们让自己的心平静如无波之湖，我们就能以明朗清澈的心情来照见这个无边的、复杂的世界，在一切的优美、败坏、清明、污浊之中都找到智慧。我们如果是有智慧的人，一切烦恼都会带来觉悟，而一切小事都能使我们感知它的意义与价值。

在人间寻求智慧也不是那样难的，最要紧的是，使我们自己有柔软的心，柔软到我们看到一朵花中的一片花瓣落下，都使我们动容颤抖，知悉它的意义。

唯其柔软，我们才能敏感；唯其柔软，我们才能包容；唯其柔软，我们才能精致；也唯其柔软，我们才能超拔自我，在受伤的时候甚至能包容我们的伤口。

柔软心是大悲心的芽苗，柔软心也是菩提心的种子，柔软心是我们在俗世中生活，还能时时感知自我清明的泉源。

那最美的花瓣是柔软的，那最绿的草原是柔软的，那最广大的海是柔软的，那无边的天空是柔软的，那在天空自在飞翔的云，最是柔软！

我们心的柔软，可以比花瓣更美，比草原更绿，比海洋更广，比天空更无边，比云还要自在。柔软是最有力量的，也是最恒常的。

且让我们在卑湿污浊的人间，开出柔软清净的智慧之莲吧！

青草与醍醐

我们去看朋友，随意谈起近日的生活，得到的常是一声叹息："好烦呀！"有时坐在办公室中，左边不时传来叹息的声音，而右边有人推开一大叠待处理的文件："真是烦死了！"还有一些时候，会接到不速的电话，我们耐着性子唯唯诺诺地听着，好不容易挂断电话，忍不住喘一口气说："真烦！"最让人心惊的是我们的孩子，放学回家突然迸出一句："这种日子真是烦！"有一回，我看见亲戚读小学一年级的孩子坐着发愁，走过去正想安慰他，他突然这样说："少来烦我，我心情不好。"

这是个令人着烦的世界，工作的时候烦工作，生活的时候烦生活，忙碌时为奔波而烦，休息时为寂寞而烦。坐在家里也烦天下大事，走到室外又烦着环境与人群。一个朋友说得最好："如果有一天清晨醒来，心情很好，能维持这好心情一直到入睡，就是谢天谢地了。"烦死人的工作！烦死人的家事！烦死人的孩子！烦死人的电视！烦死人的天气！虽然不至于真被烦死，时间却在忧烦中一寸一寸地死去了。恼人的事也不少，孩子为上课、考试、升学而恼恨着；青年为爱情、婚姻、工作而恼恨着；大人为衣食、升迁、权位而恼恨着。恼恨着自己，恼恨着环境，恼恨着这个世界。

烦恼的本质

有一个孩子这样问我："我真希望生在古代，因为现代有太多令人烦恼的事。古代人不知道会不会像我们这么烦恼？"

"自从人生在这个世界，烦恼就随着诞生了，不管生在古代、现在，或者未来；不管生在中国、美国，或者非洲。人虽有古今，地虽有南北，人性没有什么不同，烦恼的本质也是一样的。"我说。"什么是古今中外相同的烦恼本质呢？"孩子问。"这是一个大的问题，我想我们还是从佛经的观点来谈吧！"在佛经里，非常确定的就是人的烦恼，凡人必有烦恼的本质，烦恼的起因与反应可以分为两种，就是"根本烦恼"与"随烦恼"——根本烦恼是烦恼的基本原因，随烦恼是随着根本烦恼的反应而生出的烦恼。

人的根本烦恼有十种，称为十惑或十障：贪、嗔、痴、慢、疑、身见、边见、邪见、见取见、戒禁取见。

贪、嗔、痴、慢、疑五种是迷于事的恶见，也是从生活而来的烦恼。身见（认为身体是实有存在的见解）、边见（认为身体永恒存在或死后一切幻灭的偏见）、邪见（违乖正道的一切见解）、见取见（迷执前三见而喜好与人辩论）、戒禁取见（执行邪戒却以为是正戒）等五种是迷于理的恶见，也就是从知识而来的烦恼。

这十种由生活与知识而起的烦恼是人生烦恼的根本，一般人比较能察觉生活带来的烦恼，却很难知道人生中有一半的烦恼是从知识生出来的。

随着根本烦恼而来的叫“随烦恼”，又名随惑，共有二十种：忿、恨、恼、害、嫉、诳、骄、悭、覆、谄、无惭、无愧、不信、懈怠、昏沉、掉举、散乱、放逸、失念、不正知。这二十种烦恼从字面上就可以明了，因此不多加解释。

在根本烦恼的种子随烦恼芽苗的生长中，佛教把烦恼说成八万四千种烦恼，这是一个无限的概数，事实上，这世界上的烦恼何止八万四千呢？

为了使烦恼得到对治，佛教共有八万四千法门，也就是八万四千的菩提。这不是消极疗治的态度，而是一种积极的观点，是说任何一个烦恼都会带来一个觉悟、一次启发、一点智慧，所有的烦恼都是智慧的芽种，所有的智慧则正是烦恼结出来的花果。

由此观点，我们可以肯定地说：我们如果过的是无烦恼的人生，必然的，我们就会过无智慧的人生。

牛饮水成乳，蛇饮水成毒

所以，在一个更大的视野之中，烦恼就是菩提，菩提就是烦恼，是一体不二的。

这有一点像一个钱币的两面，两面虽有不同，钱币是同一个。在《法集经》里，有一位奋迅慧菩萨问无所发菩萨什么叫作菩提。无所发菩萨说：“善男子！言菩提者，无分别，无戏论法，即其言也。

善男子！见我者，名为戏论，此非菩提；远离我见，无有戏论，名为菩提。善男子！着我所者，名为戏论，此非菩提；远离我所，无有戏论，名为菩提。随顺老病死者，名为戏论，此非菩提；不随顺老病死，寂静无戏论，名为菩提。悭、嫉、破戒、嗔恨、懈怠、散乱、愚痴、无智，戏论，此非菩提；布施、持戒、忍辱、精进、禅定、智慧，无戏论法，名为菩提。邪见，恶觉观、恶愿，名为戏论，此非菩提；空、无相、无愿，无戏论法，名为菩提。”

这里说明了遇到烦恼的时候，一个人如果随顺于烦恼就不是菩提，只有心不染着，能转烦恼为智慧的才是菩提。

烦恼的本质虽同，但因人所见而异，佛陀在《华严经普贤行愿品》中说：“牛饮水成乳，蛇饮水成毒；智学成菩提，愚学为生死；如是不了知，斯由少学过。”——烦恼只是水一样的东西，有智慧的人因它而觉悟，愚笨的人因它而随入生死，这就像牛吃了水化成牛乳，而蛇喝了水反而变成毒汁一样。

这是一个多么高明的比喻，佛陀在《大般涅槃经》里也讲了一个同样高明的比喻：“雪山有草，名曰肥腻，牛若食者，纯得醍醐，无有青黄赤色白黑色。谷草因缘，其乳则有色味之异。是诸众生，以明无明业因缘故，生于二相。若无明转，则变为明。一切诸法，善不善等，亦复如是，无有二相。”

我们译成白话是：“在雪山上有一种肥腻的草，牛吃了这种草就产出纯净的牛乳，不会有青黄赤白黑等颜色。只是由于吃谷草的因缘，使牛乳有一些颜色味道的差别，牛乳的本质则都是一样的。

这就像各种众生，由于明、无明、业力、因缘的不同，而生出相异的相，如果能把无明的沉迷转了，心就开悟明净，一切诸法，善或者不善都像是这样，只要能转，就没有不同了。”

以上这段经文，是明白地触及了烦恼与菩提的人生本质毫无二致，人迷于事理则成烦恼，人悟于事理就化为菩提，因此，佛陀在《仁王护国经》里说了一段著名的话：菩萨未成佛时，以菩提为烦恼。菩萨成佛时，以烦恼为菩提。何以故？于第一义，而不二故，诸佛如来，乃至一切法如故。

火中生莲，转识成智

烦恼与菩提不二如一的实性，时常受到小根器的人怀疑。甚至连小乘行者都不免生出分别之心，认为必须先破烦恼、断烦恼、舍烦恼才能求菩提，在六祖的时代，就曾有一位薛简问过同样的问题，我们来看六祖的见解。

薛简问道：“明喻智慧，暗喻烦恼，修道之人，倘不以智慧照破烦恼，无始生死，凭何出离？”

六祖说：“烦恼即是菩提，无二无别，若以智慧照破烦恼者，此是二乘见解，羊鹿等机。上智大根，悉不如是。”

薛简问：“如何是大乘见解？”

六祖说:“明与无明,凡夫见二,智者了达,其性无二,无二之性,即是实性。实性者,处凡愚而不灭,在贤圣而不增,位烦恼而不乱,居禅定而不寂,不断不常,不来不去,不在中间,及其内外,不生不灭,性相如如,常位不迁,名之曰道。”

这样深辟的见解是连断、舍、破的观点都不许的,必须把烦恼与菩提合起来看,在《大方广宝箧经》里,文殊菩萨曾对佛陀的弟子须菩提开示,说:“譬如陶家,以一种泥,造种种器。一火所熟,或作油器苏器蜜器,或盛不净。然是泥性,无有差别;火然亦尔,无有差别,如是如是,大德须菩提!于一法性一如一实际,随其业行,器有差别。苏油器者,喻声闻缘觉;彼蜜器者,喻诸菩萨;不净器,喻小凡夫。”

烦恼是陶土,菩提是陶器,泥土的性质是一样的,不同的是,菩萨用来盛蜂蜜,而凡夫用来装臭秽的东西!

用譬喻来说明烦恼与菩提关系的经典非常多,我们现在来看民初的高僧慧明法师对它的解释,他进一步指出烦恼与菩提有二义,一者火中生莲义,二者转识成智义。

关于火中生莲,他说:“火喻烦恼,莲喻菩提,烦恼是苦,菩提是乐。学佛人要由苦得乐,须于烦恼火宅之中,生出红莲,方为究竟。何以故?火有毁灭之威,不实之物,一经其焰,莫不随之而化;亦有锻炼之功,坚真之质,受其熔冶,即成金刚不坏之体……可知烦恼之火,即菩提之因,此即火中生莲之义。”

关于转识成智，他说："着相分别为识，即相离相为智，识即烦恼，智即菩提。何以故？烦恼由无明业识而生，菩提由清净慈悲而长，唯识与智，非一非二，所以者何？识是妄，智是真，离真无妄，离妄无真故，众生迷真逐妄，遂生烦恼，烦恼愈深，离真愈远。若发心真切，磨砺功深，则忽然识妄为幻，进而不离于幻，即幻为真，进而不着于真，当下清凉，识即成智。……可知烦恼与菩提，皆是一心，本无自性，能转烦恼为菩提，即是贤识成智义。"

好好珍视我们的烦恼

烦恼与菩提的关系，到这里已经非常清楚地呈现出来，它像青草与醍醐，像泥土与蜜器，像烈火与红莲，是不可分的。这也像《维摩诘经》《大宝积经》中说到污泥中的莲花，莲花生于污泥正如醍醐为青草所化一样。所以，当小乘行人为修惑、断惑而取涅槃的时候，大智大悲的菩萨却投入惑中，为了济度众生，情愿不断烦恼以利益有情，这种心愿非常的动人，但它的实相是，烦恼正是菩提，菩萨在烦恼里才能锻炼智慧（智增菩萨），也才能广发悲心（悲增菩萨）。我们想想看，如果菩萨不在烦恼中，智慧由何而来？慈悲从何而来？如果菩萨不在烦恼中取菩提，又如何济度为烦恼所苦的众生呢？

明白烦恼菩提不二如一的要义，不仅对我们出世般若有帮助，对人世智慧也有很大的启发。这使我们有更积极的勇气来面对人生，使我们有更清明的灵思来承受烦恼，到了一天，我们每一朵烦恼的烈焰都烧出一朵菩提的红莲，我们每一株烦恼的杂草都生出一滴清纯的乳汁，我们每一块烦恼之土都铸成一个精美的器皿，我们每一分情都是慈悲与智慧的结晶，那时候，我们才能体验到最净、真我、妙药、常住的无上最胜菩提。

我们再来谈《维摩诘经》中动人的一段吧！

维摩诘问文殊师利："何等为如来种？"

文殊师利言："有身为种，无明、有爱为种，贪、恚、痴为种，四颠倒为种，五盖为种，六入为种，七识为种，八邪法为种，九恼处为种，十不善道为种。以要言之，六十二见及一切烦恼，皆是佛种。"

好好珍视我们曾经承受过的烦恼，珍视现在正处着的烦恼，珍视未来将背负的烦恼，因为其中的每一个都是佛种！

怀君与怀珠

在清冷的秋天夜里，我穿过山中的麻竹林，偶尔抬头看见了金黄色的星星，一首韦应物的短诗从我的心头流过：

怀君属秋夜，散步咏凉天。
空山松子落，幽人应未眠。

我很为这瞬间浮起的诗句而感到一丝震动，因为我到竹林并不是为了散步，而是到一间寺院的后山玩，不觉间天色就晚了（秋天的夜有时来得出奇的早），我就赶着回家的路，步履是有点匆忙的。并且，四周也没有幽静到能听见松子的落声，根本是没有一株松树的，耳朵里所听见的是秋风飒飒的竹叶（夜里有风的竹林还不断发出咿咿哑哑的声音），为什么这一首诗会这样自然地从心田里升了出来？

也许是我走得太急切了，心境突然陷于空茫，少年时期特别钟爱的诗就映现出来了。

我想起了上一次这首诗流出心田的时空，那是前年秋天我到金门去，夜里住在招待所里，庭院外种了许多松树，金门的松树到秋冬之际会结出许多硕大的松子。那一天，我洗了热乎乎的澡，正坐在窗前擦拭湿了的发，忽然听见院子里传来哔哔剥剥的声音，我披衣走到庭中，发现原来是松子落地的声音，“呀！原来松子落下的声音是如此的巨大！”我心里轻轻地惊叹着。

捡起了松子捧在手上，韦应物的诗就跑出来了。

于是，我真的在院子里独自地散步，虽然不在空山，却想起了从前的、远方的朋友。那些朋友有许多已经多年不见了，有一些也失去了消息，可是在那一刻仿佛全在时光里会聚。一张张脸孔，清晰而明亮。我的少年时代是极平凡的，几乎没有什么可歌可泣的事迹，但是在静夜里想到曾经一起成长的朋友，却觉得生活是可歌可泣的。

我们在人生里，随着岁月的流逝而感觉到自己的成长（其实是一种老去），会发现每一个阶段都拥有了不同的朋友。友谊虽不至于散失，聚散却随因缘流转，常常转到我们一回首感到惊心的地步。比较可悲的是，那些特别相知的朋友往往远在天际，泛泛之交却在眼前，因此，生活里经常令我们陷入一种人生寂寥的境地。“会者必离”，“当门相送”，真能令人感受到朋友的可贵，朋友不在身边的时候，感觉到能相与共话的，只有手里的松子，或者只有林中正在落下的松子！

在金门散步的秋夜，我还想到《菜根谭》里的几句话：“风来疏竹，风过而竹不留声；雁渡寒潭，雁去而潭不留影。故君子事来而心始现，事去而心随空。”朋友的相聚，情侣的和合，有时心境正是如此，好像风吹过了竹林，互相有了声音的震颤，又仿佛大雁飞过静止的潭面，互相有了影子的照映，但是当风吹过，大雁飞离，声音与影子并不会留下来。可惜我们做不到那么清明一如君子，可以“事来而心始现，事去而心随空”，却留下了满怀的惆怅、思念与惘然。

平凡人总有平凡人的悲哀，这种悲哀乃是寸缕缠绵，在撕裂的地方、分离的处所，留下了丝丝的穗子。不过，平凡人也有平凡人的欢喜，这种欢喜是能感受到风的声音与雁的影子，在吹过飞离之后，还能记住一些锥心的怀念与无声的誓言。悲哀有如橄榄，甘甜后总有涩味；欢喜则如梅子，辛酸里总有回味。

那远去的记忆是自己，现在面对的还是自己，将来不得不生活的也是自己，为什么在自己里还有另一个自己呢？站在时空之流中的我，是白马还是芦花？是银碗或者是雪呢？

我感觉怀抱着怀念生活的人，有时候像白马走入了芦花的林子，是白茫茫的一片；有时候又像银碗里盛着新落的雪片，里外都晶莹剔透。

在想起往事的时候，我常惭愧于做不到佛家的境界，能对境而心不起，我时常有的是对于逝去的时空有一些残存的爱与留恋，那种心情是很难言说的，就好像我会珍惜不小心碰破口的茶杯，或者留下那些笔尖磨平的钢笔；明知道茶杯与钢笔都已经不能用了，也无法追回它们如新的样子。但因为这只茶杯曾在无数的冬夜里带来了清香和温暖，而那支钢笔则陪伴我度过许多思想的险峰，记录了许多过往的历史，我不舍得丢弃它们。

人也是一样，对那些曾经有恩于我的人，那些曾经爱过我的朋友，或者那些曾经在一次偶然的会面启发过我的人，甚至那些曾践踏我的情感、背弃我的友谊的人，我都有一种不忘的本能。有时不免会苦痛地想，把这一切都忘得干净吧！让我每天都有全新的自己！可是又觉得人生的一切如果都被我们忘却，包括一切的忧欢，那么生活里还有什么情趣呢？

我就不断地在这种自省之中超越出来，又沦陷进去，好像在野地无人的草原放着风筝，风筝以竹骨隔成两半，一半写着生命的喜乐，一半写着生活的忧恼，手里拉着丝线，飞高则一起飞高，飘落就同时飘落，拉着线的手时松时紧，虽然渐去渐远，牵挂还是在手里。

但，在深处里的疼痛，还不是那些生命中一站一站的欢喜或悲愁，而是感觉在举世滔滔中，真正懂得情感、知道无私地付出的人，是愈来愈少见了。我走在竹林里听见飒飒的风声，心里却浮起“空山松子落，幽人应未眠”的句子，此刻正是这样的心情。

韦应物寄给朋友的这首诗，我感受最深的是“怀君”与“幽人”两词，怀君不只是思念，而有一种置之怀袖的情致，是温暖、明朗、平静的，当我们想起一位朋友，能感到有如怀袖般贴心，这才是“怀君”！而幽人呢？是清雅、温和、细腻的人，这样的朋友一生里遇不见几个，所以特别能令人在秋夜里动容。

朋友的情义是难以表明的，它在某些质地上比男女的爱情还要细致。若说爱情是彩陶，朋友则是白瓷，在黑暗中，白瓷能现出它那晶明的颜色，而在有光的时候，白瓷则有玉的温润，还有水晶的光泽。君不见在古董市场里，那些没有瑕疵的白瓷，是多么名贵呀！

当然，朋友总有人的缺点，我的哲学是，如果要交这个朋友，就要包容一切的缺点，这样，才不会互相折磨、相互受伤。

包容朋友就有如贝壳包容珍珠一样，珍珠虽然宝贵而明亮，但它是有可能使贝壳受伤的，贝壳要不受伤只有两个法子，一是把珍珠磨圆，呈现出其最温润光芒的一面；一面是使自己的血肉更柔软，才能包容那怀里外来的珍珠。前者是帮助朋友，使他成为“幽人”，后者是打开心胸，使自己常能“怀君”。

我们在混乱的世界希望能活得有味，并不在于能断除一切或善或恶的因缘，而要学习怀珠的贝壳，要有足够广大的胸怀来包容，还要有足够柔软的风格来承受！

但愿我们的父母、夫妻、儿女、伴侣、朋友都成为我们怀中的明珠，甚至那些曾经见过一面的、偶尔擦身而过的、有缘无缘的人都成为我怀中的明珠，在白日、在黑夜都能散放互相映照的光芒。

屋顶上的田园

连续来了几场台风，全台湾又为菜价的昂贵而沸腾了。我们家是少数不为菜价烦恼的家庭。

那年春天，我坐在屋顶阳台乘凉的时候，看着空荡荡的阳台，心里想：“为什么不在阳台上种点东西呢？”我想到居住在乡间的亲戚朋友，每一小片空地都是尽量利用，空着三十几平方米的阳台岂不是太可惜？

于是，我询问太太和孩子的意见：“到底是种花好呢，还是种菜好？”大家都认为种菜好，因为花只是用来看的，菜却能吃进肚子里，而台湾的农药问题是如此的可怕。

孩子问我：“爸爸，你真的会种菜吗？”

我听了大笑起来，那是当然的啊！想想老爸是农人子弟，从小什么作物没有种过，区区一点菜算得了什么！

自己吹嘘半天，却也有一些心虚起来。我的祖父、父亲都是农夫，我小时候虽也有农事的经验，但我少小离家，那已经是很遥远的事了。

种菜，首先要整地，立刻就面临要在阳台上砌砖围土的事情，这样工程就太浩大了。我和孩子一起讨论：“如果我们找来三十个大花盆，每一个盆子栽一种菜，一个月之后，我们每天采收一盆，就会天天有蔬菜吃了。”

我把从前种花的时候弃置的花盆找出来，一共有十八个，再去花市买了十二个塑胶盆子。泥土是在附近的工地向工地主任要来的废土，种子是托弟媳在乡下的市场买的。没有种过菜的人，一定想不到菜的种子非常便宜，一包才十元，大概种一亩地都没问题。如果种一盆，种子的成本不到一毛钱。小贩在袋子上都写了菜名，乡下的菜名和国语不同，因此搞了半天，才知道“格林菜”是“芥蓝菜”，“蕹菜”是“空心菜”，“美仔菜”是“莴苣”，那些都是菜长出来后才知道的。其实，所有的青菜都很好吃，种什么菜都是一样的。

我先把工地的废土翻松。在都市里的土地从未种作过，地力未曾使用，应该是很肥沃的，所以，种菜的初期，可以不使用任何肥料。我已经想好我要用的肥料了，例如淘米的水、煮面的汤、菜叶果皮以及剩菜残羹等等。

叶菜类的生长速度非常快，从发芽到采收只要三个星期的时间，几乎每天都可以因看到叶菜茂盛的生长而感到喜悦，特别是像空心菜、红凤叶、番薯叶，一天就可以长出一寸长。

我也确定了采收和浇水的方法。

一般的菜农采收叶菜，为了方便起见，都是整棵从地里拔起。我们在阳台种菜格外艰辛，应该用剪刀来采收，例如摘空心菜，每次只采最嫩的部分，其根茎就会继续生长，隔几天又可以收成了。

浇水呢？曾经自己种菜的弟弟告诉我，如果用自来水来浇灌，不仅菜长不好，而且自来水费比菜价还高。我找来一些大桶放在阳台，以便下雨时可以集水，平常则请太太帮忙收集淘米洗菜的水甚至洗手洗澡的水，既是用花盆种菜，这样的水量也就够了。

我种的第一批菜快要可以收成的时候，发现菜园来了一些虫、蜗牛、蚱蜢等小动物，它们对采收我的菜好像更有兴趣、更急切。这使我感到心焦，因为我是不杀生、不使用农药的，把小虫一只一只抓走又耗去了太多时间。有一天，一位在阳明山种兰花的朋友来访，我请他参观阳台的菜园。他说他发明了一种农药，就是把辣椒和大蒜一起泡水，一桶水里大约辣椒十根、大蒜十瓣，然后装在喷水器里，喷在花盆四周和菜叶上，又卫生无毒，又有奇效。从此，我大约每星期喷一次自制的“农药”，果然再也没有虫害了。

自从我种的菜可以采收之后，每次有朋友来，我都摘菜请客。他们很难相信在阳台可以种出如此甜美的菜。有一位朋友吃了我种的菜，大为感慨：“在台北市，大概只有两个大人物自己在屋顶上种菜，一个是王永庆，一个是林清玄。”我听了大笑。大人物是谈不上，不过吃自己种的青菜确实非常踏实，有成就感。

还有一次，主持“玫瑰之夜”的曾庆瑜小姐来访，看到我种的菜，大为兴奋，摘了一棵红凤菜，也没有清洗，就当场大嚼起来，我想阻止她已经来不及了。如果告诉她农药和肥料的来源，她吃得一定更有“味道”了。

从开始种菜以来，我就不再担心菜价的问题了。每有台风来的时候，我把菜端到避风的墙边，每次也都安然度过，真感觉到微小的事物中也有幸福欢喜。

每天的早晨黄昏，我抽出半个小时来除草、浇水、松土，一方面活动了久坐的筋骨，一方面也想起从前在乡间耕作的时光，在劳苦之中感觉到生活的踏实。

我常想，地球上的土地是造物者为了生养人类而创造的，如今却有很多人把土地作为占有与获利的工具，真是辜负了土地原有的价值。

想到在东京银座有块土地的日本人却将土地拿来种稻子，许多人为他不把土地盖成昂贵的楼房而种粗贱的稻米感到不可思议，那是因为人已经日渐忘记土地的意义了。东京银座那充满铜臭的土地还可以生长稻子，不是值得欢喜雀跃的事吗？

我在阳台上种菜是不得已的，但愿有一天能把菜种在真正的土地上。

柔软的耕耘

童年时代，家里务农，种了许多作物，不管是要种什么，父亲带我们做的第一件事情就是翻松土地。

如果是种稻子或甘蔗，就用牛犁，一行一行地把土地翻过来，再翻过去,最少要把两尺深的硬土整个松过一遍。父亲的说法是:“土地是有地力的，种过的土地表层已经耗去地力，所以要把有地力的沙土从深的地方翻出来。而且，僵硬的土地是什么作物也不能种植的，柔软的土地才是有用的土地。”

如果是尚未种过的土地，就要用锄头松土，因为怕牛犁损坏了。先要把地上的杂草拔除，然后一锄一锄地掘下去，掘起来的土中夹着石头，要把石头拾到挑篮里。这些石头被挑到田畔去做水圳，以利灌溉和排水，并保护土地。

第一次耕种的土地要掘到四尺深，工作是非常繁重的。

“为什么要掘这么深？”有一次我问父亲。

他说:“不管是种什么作物，根是最要紧的，根长得深，长得牢固，作物的生长就没有问题。要根长得深和牢固，就要把石头和野草的根彻底地除去，要使土地松软。土地若是不松软，以后撒再多肥料也没有用呀！”

童年松土的记忆深埋在我的心里，知道强根固本的重要，但若没有柔软的土地，强根固本也就成为妄谈。人也是和土地一样，要先把心地松软了，一切菩提、智慧、慈悲，以及好的良善的品性，才有可能长得好。即使是年年长好作物的农田，也要每年拔草、松土，才能种新的作物。

因此，一切正面的品德，最基础和根本的就是有一颗柔软的心。

柔软心在佛教的经典里常被提到，例如把十地菩萨的第五地称为“柔软地”。如来常教我们要有柔软的心、柔软的行为、柔软的语言，要柔顺、柔法、柔和忍辱、柔和质直。

例如在《法华经》里，佛就说柔和忍辱是如来的心，如果一个人有柔和忍辱的心，就可以防止一切嗔怒的毒害，如衣服可以防止寒热一样。佛说：“如来衣者，柔和忍辱心是。”“诸有修功德，柔和质直者，则皆见我身，在此而说法。”

例如在《大集经》里，佛说：“于众生中常柔软语故，得梵音相。”因而把如来温和柔软的声音称为清净殊妙之相。

什么是柔软心呢？就是不执着、不染杂、不僵化、能出污泥而不染的心。是指慧心柔软的人，能随顺真理，既能随顺人的本性不相违逆，又能与实相之理不相乖违。所以在《十住毗婆沙论》里说:“柔软心者，谓广略止观相顺修行，成不二心也。譬如以水取影，清净相资而成就也。”那么，柔软心也可以说是不二的心，不分别的心，清净的心。

有柔软心的人才能真正地生起道德，也才能以这种柔软使别人生起道德。贤首菩萨曾说:“柔和质直摄生德。”意思是慈悲平等、质直无伪的人，才能摄化众生进入正法。

我们都知道，佛教里以清净的莲花作为法的象征。莲花的十德里第五德就是:“柔软不涩，菩萨修慈善之行，然于诸法亦无所滞碍，故体常清净，柔软细妙而不粗涩，譬如莲花体性柔软润泽。”(《除盖障菩萨所问经》)所以，莲花也叫作“柔软花”。

据说在天界最鲜白柔软的花曼殊沙华，也叫作“柔软花”。不知道莲花与曼殊沙华是不是相同，但是把人间天上最美的花都叫作“柔软花”，可以见到其中深切的寓意。在西方净土诞生的人不也是在莲花上化生吗？可见，柔软，是独步于天上、人间、净土的。一个真正柔软心的人，在任何地方都是出入自在。传说地藏菩萨在地狱行走的时候，焚烧人的烈焰，一时之间都化成柔软美丽的红莲花来承接他的双足呀！

有柔软地才会耕耘出柔软心，不是来自印度的观念，中国本来就有。传说老子的老师常枞要死的时候，老子去问法，请老师说出最后的教化。常枞缓缓张开嘴巴，叫老子往嘴巴里看，问老子说:“你看见什么？”老子说:“我只看见舌头。”常枞说:“牙齿还安在吗？”

老子说："牙齿都没有了。"常枞说："这就是我给你上的最后一课。"老子又问："而今而后，我要向谁请教？"常枞说："你要以水为师，你可看河床的石头虽然坚硬无比，不久就被水穿成孔、流成槽了。"说完，常枞就仙逝了。这是中国古代讲柔软心的动人故事。常枞"以水为师"的教化可以和佛圆寂时说的"以戒为师"相互比美。以水的柔软为师，能知道天下最坚强的就是柔软；以戒的清净为师，能知道天下最有力量的是清净。

老子以水为师，说出了千古的真意："守柔曰强。""弱之胜强，柔之胜刚。""天下莫柔弱于水，而攻坚强者莫之能胜。""江海所以能为百谷王者，以其善下之。"老子是通达柔软心的真实开悟者。

柔软的水才能千回百转，或成平湖、或成瀑布、或成湍流，天下没有可以阻挡的；柔软的土地才能生机绵延，或在平原、或在奇峰、或在污泥，都能展现生命的活力；柔软的心才能超越人生世相，或处痛苦、或陷逆境、或逢艰危，都能有着宽容、感恩、谦卑、无畏的心情。

故知柔软心是觉悟、是菩提、是般若波罗蜜多，是成就一切法门的根本心，也是一切法门成就的境界。

当我们说到修行，修行就是不断地松土、除草、捡石头，使土地维持在最好的状况吧！土地如果在最好的状况，随便撒一把种子，生机就会有无限的绵延。

童年松土的时候，时常会踩到石头跌伤，锄伤自己的脚踝，被虫蚁咬肿，甚至偶遇西北雨，回家就感冒了。但只要知道那是使土地柔软所必须付出的代价，就能安于刺痛、锄伤与感冒。

每年，在土地完全翻松的时候，我站在田岸上，看着老牛吃草，白鹭鸶在土地上嬉戏，就仿佛已看见黄金色的稻子在晨风中点头微笑，看见了油菜花嫩黄的颜彩上有彩蝶翩翩，看见了和风吹抚在翠绿的芋叶上，夕照前的晚霞横过天际……

在土地翻松那一刻，我们已看见收成的景致呀！一个人有了柔软心也如是，仿佛闻到了《法华经》说的“花果同时”的芬芳！

处处莲花开

与马祖道一同创禅林清规的百丈怀海禅师，曾有一个伟大的教化:“一日不作，一日不食。”意思是一日不工作，一日就不该吃饭。

在百丈晚年，他仍然每天下田耕作，弟子们担心他太劳累，把他的锄头藏起来，结果百丈从那一天开始绝食，到第三天，弟子把锄头还给他，他到田里工作后才开口吃饭。

百丈这样努力工作，一直到九十五岁逝世才停止。

我每次想到百丈“一日不作，一日不食”的教诲，就好像听到《国歌》一样,有一种庄肃的心。百丈的好,就好在他不是说:“一日不坐，一日不食”，因为终日晏坐的人不一定能体会禅心，禅心是遍一切处，无所不在的，唯有在奋力的工作中还有禅心的人，才可能迈入“日日是好日，处处莲花开”之境。

从禅宗的历史看来，有非常多的祖师是在工作中契入悟境，数量不比坐着开悟的少。

因此，我们可以说，百丈禅师是最早提出工作禅心的人，这伟大的创见，带来两个深远的影响，一是使禅的修行落实于生活，使生活的每一个片段都有开悟之机，唯有如此，人才不会舍弃生活，去追求那些不着边际的悟境。二是使禅的修行从寺院中扩展出来，使禅师离开禅堂和蒲团也可以开悟。使无缘进入寺院修行的人也能站在人间修行。这种打破修行藩篱的创见，使得历史上几次灭佛运动，禅宗都能幸运度过，并在灭佛运动过后，很快地生气勃发。

另外，禅师通过工作，身体锻炼得更为强健；禅师通过工作，变得更有组织，更有效率；禅师通过工作，参与了人间疾苦，不致因追求开悟而造成寄生社会的印象。

通过百丈禅师确立的丛林清规，历史上的禅寺虽然规模宏大，常达到数千人以上的徒众，却能戒律严明、分工合作，井井有条，这不只是工作禅心了，而且是了不起的企业管理。

有一次，我和徐木兰教授谈到，如果能有人研究古来丛林的管理方法，说不定会给现代化的管理带来一些新的启示。徐教授是专研企业管理的，加上自己对瑜伽、修行的体验，就表示了高度的兴趣。

近来，读到她的新作《工作禅心》，正是从企业、管理、工作来分析职场里如何锻炼心灵和发展潜能的方法，她把中国禅和西式工作伦理相结合，写成一系列精练的短文，创见非凡，对在工作中彷徨、受挫、无奈的心灵，相信能带来更大的启示，更深的思考。

人，必须工作，这是人生的无奈；但人能通过工作启发智慧、发展禅心，又是何其幸运！

百丈禅师还有两件伟大的事。一是在他的丛林里“不立佛殿，唯树法堂，表法超言象也”。他在寺庙中不设佛堂，只有说法坐禅的地方，因为法是超越形式的。

禅心不是形式，因此，办公室里也是法堂，禅心也不拘形式，上司、同事也可以是修行的法侣。

二是他强烈主张弟子的成就应该超过师父，只有这样的弟子才有传授的资格。他说:“见与师齐，减师半德，见过于师，方堪传授。”

这是从老师的角度看，如果从弟子的角度，每一个弟子也应该有超越师父的雄心才好。在职场工作的上班族可能职位卑微、人微言轻，但若认识到禅心平等的真意，见解超过老板是很容易的事，只要愿意锻炼，成就也有超越的可能。这样，在工作中不但“堂堂正正又有何惧”，还能“乐在工作”，“来一场丰富之旅”哩！

卡其布制服

过年的记忆，对一般人来说当然都是好的，可是当一个人无法过一个好年的时候，过年往往比平常带来更深的寂寞与悲愁。

有一年过年，当我听母亲说那一年不能给我们买新衣鞋，忍不住跑到院子里靠在墙砖上哭出了声。

那一年我十岁，本来期待着过年买一套新衣已经期待了几个月了。在那个年代，小孩子几乎是没有机会穿新衣的，我们所有的衣服鞋子都是捡哥哥留下的，唯一的例外是过年，只有过年时可以买新衣服。

其实新衣服也不见得是漂亮的衣服，只是买一件当时最流行的特多龙布制服罢了。但即使这样，有新衣服穿是可以让人兴奋好久的，我到现在都可以记得当时穿新衣服那种颤抖的心情，而新衣服特有的棉香气息，到现在还依稀留存。

在乡下，过年给孩子买一套新制服竟成为一种时尚。过年那几天，满街跑着的都是特多龙的卡其制服，如果没有买那么一件，真是自惭形秽了。差不多每个孩子在过年没有买新衣，都要躲起来哭一阵子，我也不例外。

那一次我哭得非常伤心，后来母亲跑来安慰我，说明为什么不能给我们买新衣的原因。因为那一年年景不好，收成抵不上开支，使我们连杂货店里日常用品的欠债都无法结清，当然不能买新衣了。

我们家是大家庭，一家子有三十几口，那一年尚未成年的兄弟姐妹就有十八个，一个一件新衣，就是最廉价的，也是一大笔开销。

那一年，我们连年夜饭都没吃，因为成年的男人都跑到外面去躲债了，一下子是杂货店、一下子是米行、一下子是酱油店跑来收账，简直一点解决的办法也没有，那些人都是殷实的小商人，我们家也是勤俭的农户，但因为年景不好，却在除夕那天相对无言。

当时在乡下，由于家家户户都熟识，大部分的商店都可以赊欠的，每半年才结算一次，因此过年前几天，大家都忙着收账，我们家人口众多，每一笔算起来都是不小的数目，尤其在没有钱的时候，听来心惊。

有一个杂货店的老板说：“我也知道你们今年收成不好，可是欠债也不能不催，我不催你们，又怎么去催别人呢？”

除夕夜，大人到半夜才回家来，他们已经到山上去躲了几天了，每个人都是满脸风霜，沉默不言，气氛非常僵硬。依照习俗，过年时的欠债只能催讨到夜里子时，过了子时就不能讨债了，一直到初五“隔开”时，才能再上门要债。爸爸回来的时候，我们总算松了口气，那时就觉得，没有新衣服穿也不是什么要紧，只要全家人能团聚也就好了。

第二天，爸爸还带着我们几个比较小的孩子到债主家拜年，每一个人都和和气气的，仿佛没有欠债的那一回事，临走时，他们总是说：“过完年再来交关吧！”对于中国人的人情礼义，我是那一年才有一些懂了，在农村社会，信用与人情都是非常重要的，有时候不能尽到人情，但由于过去的信用，使人情也并未被破坏。当然，类似“跑债”的行为，也只反映了人情的可爱，因为在双方的心里，其实都是知道一笔债是不可能跑掉的。土地在那里，亲人在那里，乡情在那里，都是跑不掉的。

对生活在都市里的冷漠的现代人，几乎难以想象三十年前乡下的人情与信用，更不用说对过年种种的知悉了。

对农村社会的人，过年的心比过年的形式重要得多。记得我小时候，爸爸在大年初一早上到寺庙去行香，然后去向亲友拜年，下午他就换了衣服，到田里去巡田水，并看看作物生长的情况。大年初二也是一样，就是再松懈，也会到田里走一两回。那也不尽然是习惯，而是一种责任，因为，如果由于过年的放纵，使作物败坏，责任要如何来担呢？所以心在过年，行为并没有真正地休息。

那一年过年，初一下午我就随爸爸到田里去，看看稻子生长的情形，走累了，爸爸坐下来把我抱在他的膝上，说：“我们一起向上天许愿，希望今年风调雨顺、国泰民安，大家都有好收成。”我便闭起眼睛，专注地祈求上天保佑我们那一片青翠的田地。许完愿，爸爸和我都流出了眼泪。我第一次感觉到人与天地有着浓厚的关系，并且在许愿时，我感觉到愿望仿佛可以达成。

开春以后，家人都很努力工作，很快就把积欠的债务在春天第一次收成里还清。

那一年的年景到现在仍然非常清晰，当时礼拜菩萨时点燃的香，到现在都还在流荡。我在那时初次认识到年景的无常，人有时甚至不能安稳地过一个年，而我也认识到，只要在坏的情况下还维持人情与信用，并且不失去伟大的愿望，那么再坏的年景也不可怕。

如果不认识人的真实，没有坚持的愿望，就是天天过年、天天穿新衣，又有什么意思呢？

○

肆

把快乐种在心里

夏日小春

山樱桃

夏日虽然闷热，在温差较大的南台湾，凉爽的早晨、有风的黄昏、宁静的深夜，感觉就像是小小的春天。

清晨的时候沿山径散步，看到经过一夜清凉的睡眠，又被露珠做了晨浴的各种小花都醒过来微笑，感觉到那很像自己清晨无忧恼的心情。偶尔看见变种的野茉莉和山牵牛花开出几株彩色的花，竟仿佛自己的胸腔被写满诗句，随呼吸在草地上落了一地。

黄昏时分，我常带孩子去摘果子，在古山顶有一种叫作“山樱桃”的树，春天开满白花，夏日结满红艳的果子，大小与颜色都与樱桃一般，滋味如蜜还胜过樱桃。

这些山樱桃树在古山顶从日据时代就有了，我们不知道它的中文名字，甚至没有台语，从小，我们都叫它莎古蓝波（Sa Ku Lan Bo），是我从小最爱吃的野果子。它在甜蜜中还有微微的芳香，相信是做果酱极好的材料，虽然盛产时的山樱桃每隔三天就可以采到一篮，但我从未做过果酱，因为“生吃都不够，哪有可以晒干的”。

当我在黄昏对几个孩子说“我们去采莎古蓝波”的时候，大家都立刻感受着一种欢愉的情绪，好像莎古蓝波这几个字的节奏有什么魔法一样。

我们边游戏边采食山樱桃，吃到都不想吃的时候，就把新采的山樱桃放在胭脂树或姑婆芋的叶子里包回家，打开来请妈妈吃，她看到绿叶里有嫩黄、粉红、橙红、艳红的山樱桃果子，欢喜地说：“真是美得不知道怎么来吃呢。”

她总是浅尝几粒，就拿去冰镇。

夜里天气凉下来了，我们全家人就吃着冰镇的山樱桃，每一口都十分甜蜜，电视里还在演《戏说乾隆》，哥哥的小孩突然开口：“就是皇帝也吃不到这么好的莎古蓝波呀。”

大家都笑了，我想，很单纯，也可以有很深刻的幸福。

青莲雾

很单纯，也可以有很深刻的幸福。当我们去采青莲雾的小路上，想到童年吃青莲雾的滋味，我就有这样的心情。

青莲雾种在小镇中学的围墙旁边，这莲雾的品种相信已经快灭绝了，当我听说中学附近有青莲雾没人要吃，落了满地的时候，就兴冲冲地带三个孩子，穿过蕉园小径到中学去。

果然，整个围墙外面落了满地的青莲雾，莲雾树种在校园内，校门因为暑假被锁住了。

我们敲了半天门，一个老工友来开门，问我们:“来干什么？”

我说:“我们想来采青莲雾，不知道可不可以？”

他露出一种兴奋的、难以置信的表情打量我们，然后开怀地笑说:“行呀，行呀。”他告诉我，这一整排青莲雾，因为滋味酸涩，连中学生都没有一点采摘的兴趣，他说:“回去，用一点盐、一点糖腌渍起来，是很好吃的。”

我们爬上莲雾树，老校工在树下比我们还兴奋，一直说:“这边比较多。”“那里有几个好大。”看他兴奋的样子，我想大概有好多年没有人来采这些莲雾了。

采了大约二十斤的莲雾，回家还是黄昏，沿路咀嚼青莲雾，虽然酸涩，却有很强烈的莲雾特有的香气，想起我读小学时曾为了采青莲雾从两层楼高的树上跌下来，那时觉得青莲雾又甜又香，真是好吃。

经过三十年的改良，我们吃的莲雾，从青莲雾到红莲雾，再到黑珍珠，甜度不高的青莲雾就被淘汰了。

为什么我也觉得青莲雾没有以前的好吃呢？原因可能是嘴刁了，水果不断改良的结果，使我们的野心欲望增强，不能习惯原始的水果了（土生的芭乐、芒果、杨桃、桃李不都是相同的命运吗）；另一个原因是在记忆河流的彼端，经过美化，连从前的酸莲雾也变甜了。

家里的人也都不喜吃青莲雾，我想了一个方法，把它放在果汁机里打成莲雾汁，加很多很多糖，直到酸涩完全隐没为止。

青莲雾汁是翠玉的颜色，我也是第一次喝到，加糖、冰镇，在汗流浃背的夏日，喝到的人都说："真好喝呀，再来一杯。"

夜里，我站在屋檐下乘凉，想到童年、青少年时代，其实有许多事都像青莲雾一样的酸涩，只是面目逐渐模糊，像被打成果汁，因为不断地加糖，那酸涩隐去，然后我们喝的时候就自言自语地说："真好喝呀，再来一杯。"

只是偶尔思及心灵深处那最创痛的部分，有如被人以刀刺入内心，疤痕鲜明如昔，心痛也那么清晰，"或者，可能我加的糖还不够多吧。下次再多加一匙，看看怎么样？"我这样想。

回忆虽然可以加糖，感受的颜色却不改变，记忆的实相也不会翻转。

就像涉水过河的人，在到达彼岸的时候，此岸的经验与河面的汹涌仍然是历历在心头。

野木瓜

姐姐每天回家的时候，都会顺手带几个木瓜来。原因是她住处附近正好有亲戚的木瓜田，大部分已经熟透在树上，落了满地，她路过时觉得可惜，每次总是摘几个。“为什么他们都不肯摘呢？”我问。“因为连请人采收都不够工钱，只好让它烂掉了。”“木瓜不是一斤二十五块吗？台北有时卖到三十块。”我说。

在一旁的哥哥说：“那是卖到台北的价钱，在产地卖给收购的人，一斤三五块就不错了。”哥哥在乡下职校教书，白天教的学生都是农民子弟，夜里教的是农民，对农业有很独到的了解。“正好今天我的一位同事问我：‘你认为世界上最可怜的人是什么人？’我毫不考虑地说：‘是农人。’”

“农人为什么最可怜呢？”哥哥继续发表高见，“因为农作物最好的时候，他们赚的不过是多一两块，农作物最差的时候，却凄惨落魄，有时不但赚不到一毛钱，还会赔得倾家荡产。农会呢？大卖小卖的商人呢？好的时候赚死了，坏的时候双脚缩起来，一毛钱也赔不到。”

问哥哥“世界上最可怜的人是什么人”的那位先生正好是老师兼农民，今年种三甲地的芒果，采收以后结算一共赚了三千元，一甲地才赚一千，他为此而到处诉苦。哥哥说：“一甲地赚一千已经不错，在台湾做农民如果不赔钱，就应该谢天谢地拜祖先了呀。”

不采摘的木瓜很快就会腐烂，多么可惜。也是黄昏时分，我带孩子去采木瓜，想把最熟的做木瓜牛奶，正好熟的切片，青木瓜拿来泡茶。

采木瓜给我带来矛盾的心情，当青菜水果很便宜、多到没人要的时候，我们虽然用很少的钱可以买很多，往往这时候，也表示我们的农民处在生活黑暗的深渊，使生长在农家的我，忍不住有一种悲情。

正这样想着，孩子突然对我说："爸爸，你觉不觉得住在旗山很好？""怎么说？""因为像木瓜、芒果、莲雾、山樱桃都是免费的呀。"孩子的这句话有如撞钟，使我的心嗡嗡作响。

夜里，把青木瓜头切开，去籽，塞进上好的冻顶乌龙茶，冲了茶，倒出来，乌龙茶中有木瓜的甜味与芳香。这是在乡下新学会的泡茶法，听说可以治百病，百病不知能不能治，但今天黄昏时的热恼倒是治好了。

生命中虽有许多苦难，我们也要学会好好活在眼前，止息热恼的心，不做无谓的心灵投射，喝木瓜茶，我觉得茶也很好，木瓜也很好。

燠热的夏日其实也很好，每一朵紫茉莉开放时，都有夏天夕阳的芳香。

好雪片片

在信义路上，常常会看到一位流浪的老人，即使在热到摄氏三十八度的盛夏，他也着一件很厚的中山装，中山装里还有一件毛衣。那么厚的衣物使他肥胖笨重有如水桶。平常他就蹲坐在街角，歪着脖子看来往的行人，也不说话，只是轻轻地摇动手里的奖券。

很少的时候，他会站起来走动。当他站起，才发现他的椅子绑在皮带上，走的时候，椅子摇过来又摇过去。他脚上穿着一双老式的牛伯伯打游击的大皮鞋，摇摇晃晃像陆上的河马。

如果是中午过后，他就走到卖自助餐摊子的前面一站，想买一些东西来吃，摊贩看到他，通常会盛一盒便当送给他。他就把吊在臀部的椅子对准臀部，然后坐下去。吃完饭，他就地睡午觉，仍是歪着脖子，嘴巴微张。

到夜晚，他会找一块干净挡风的走廊睡觉，把椅子解下来当枕头，和衣，甜甜地睡去了。

我观察老流浪汉很久了，他全部的家当都带在身上，几乎终日不说一句话，可能他整年都不洗澡的。从他的相貌看来，应该是北方人，流落到南方热带的街头，连最燠热的夏天都穿着家乡的厚衣。

对于街头的这位老人，大部分人都会投以厌恶与疑惑的眼光，小部分人则投以同情。

我每次经过那里，总会向老人买两张奖券，虽然我知道即使每天买两张奖券，对他也不能有什么帮助，但买奖券使我感到心安，并使同情找到站立的地方。

记得第一次向他买奖券的那一幕，他的手、他的奖券、他的衣服同样的油腻污秽，他缓缓地把奖券撕下，然后在衣袋中摸索着，摸索半天掏出一个小小的红色塑胶套，这套子竟是崭新的，美艳得无法和他相配。

老人小心地要把奖券装进红色塑胶套，由于手的笨拙，使这个简单动作也十分艰困。

“不用装套子了。”我说。

“不行的，讨个喜气，祝你中奖！”老人终于笑了，露出缺几颗牙的嘴，说出充满乡音的话。

他终于装好了，慎重地把红套子交给我，红套子上写着八个字：“一券在手，希望无穷。”

后来我才知道，不管是谁买奖券，他总会努力地把奖券装进红套子里。慢慢我想到了，小红套原来是老人对买他奖券的人一种感激的表达。每次，我总是沉默耐心地等待，看他把心情装进红套子，温暖四处流动着。

和老人逐渐认识后，有一年冬天黄昏，我向他买奖券，他还没有拿奖券给我，先看见我穿了单衣，最上面的两个扣子没有扣。老人说：“你这样会冷吧！”然后，他把奖券夹在腋下，伸出那双油污的手，要来帮我扣扣子，我迟疑了一下，但没有退避。

老人花了很大的力气，才把我的扣子扣好，那时我真正感觉到人明净的善意，不管外表是怎么样的污秽，都会从心的深处涌出，在老人为我扣扣子的那一刻，我想起了自己的父亲，鼻子因而酸了。

老人依然是街头的流浪汉，把全部的家当带在身上，我依然是我，向他买着无关紧要的奖券。但在我们之间，有一些友谊，装在小红套、装在眼睛里，装在不可测的心之角落。

我向老人买过很多很多奖券，多未中过奖，但每次接过小红套时，我觉得那一时刻已经中奖了，真的是“一券在手，希望无穷”。我的希望不是奖券，而是人的好本质不会被任何境况所淹没。

我想到伟大的禅师庞蕴说的：“好雪片片，不落别处！”我们生活中的好雪，明净之雪也是如此，在某时某地当下即是，美丽地落下，落下的雪花不见了，但灌溉了我们的心田。

梅香

一个有钱的富人，正在家院的花园里赏梅花。

那是冬日寒冷的清晨，艳红的梅花正以最美丽的姿容吐露，富人颇为自己的花园里能开出这样美丽的梅花感到无比的快慰。

突然，门外传来敲门的声音，富人去开了门，发现一个衣衫褴褛的乞丐，在寒风里冻得直打抖，那乞丐已在这开满梅花的园外冻了一夜，他说："先生，行行好，可不可以给我一点东西吃？"

富人请乞丐在园门口稍稍等候，转身进入厨房，端来一碗热腾腾的饭菜，他布施给乞丐的时候，乞丐忽然说："先生，您家里的梅花，真是非常芳香呀！"说完了，转身走了出去。

富人呆立在那里，感到非常震惊，他震惊的是，穷人也会赏梅花吗？这是自己从来不知道的。另一个震惊的是，花园里种了几十年的梅花，为什么自己从来没有闻过梅花的芳香呢？

于是，他小心翼翼地，以一种庄严的心情，深怕惊动梅香似的悄悄走近梅花，他终于闻到了梅花那含蓄的、清澈的、澄明无比的芬芳，然后他濡湿了眼睛，流下了感动的泪水，为自己第一次闻到了梅花的芳香。

是的，乞丐也能赏梅花，乞丐也能闻到梅花的香气，有的乞丐甚至在极饥饿的情况下，还能闻到梅花清明的气息。可见得，好的物质条件不一定能使人成为有品味的人，而坏的物质条件也不会遮蔽人精神的清明。一个人没有钱是值得同情的，一个人一生都不知道梅花的香气一样值得悲悯。

一个人的品质其实是与梅香相似，是无形的，是一种气息，我们如果光是赏花的外形，就很难知道梅花有极淡的清香；我们如果不能细心地体贴，也难以品味到一个人隐在内部的人格的香气。

最可叹惜的是，很少有人能回观自我，品赏自己心灵的梅香，大部分人空过了一生，也没有体会到隐藏在心灵内部极幽微但极清澈的自性的芳香。

能闻梅香的乞丐也是富有的人。

现在，让我们一起以一种庄严的心情，走到心灵的花园，放下一切的缠缚，狂心都歇，观闻从我们自性中流露的梅香吧！

拈花四品

不与时花竞

诵帚禅师有一首写菊的诗：

> 篱菊数茎随上下，无心整理任他黄。
> 后先不与时花竞，自吐霜中一段香。

读这首诗使人有自由与谦下之感，仿佛是读到了自己的心曲，不管这个世界如何对待我们，我只要吐出自己胸中的香气，也就够了。在台湾乡下有时会看到野生的菊花，各种大小各种颜色的菊花，那也不是真正野生的，而是随意被插种在庭园的院子里，它们永远不会被剪枝或瓶插，只是自自然然地长大、开花、凋零，但它们不失去傲霜的本色，在寒冷的冬季，它们总可以冲破封冻，自尊地开出自己的颜色。

有一次在澎湖的无人岛上，看见整个岛已被天人菊所侵占，那遍满的小菊即使在海风中也活得那么盎然，没有一丝怨意地兴高采烈地开放，怪不得历史上那么多诗人画家看到菊花时都要感怀自己的身世，有时候，像野菊那样痛痛快快地活着竟也是一种奢求了。

“天人菊”，多么好的名字，是菊花中最尊贵的名字，但它是没有人要的开在角落的海风中的菊花。最美的花往往和最美的人一样，很少能被看见、欣赏。

山野的春气

带孩子到土城和三峡中间的山中去，正好是春天。这是人迹稀少的山道，石阶上还留着昨夜留下的露水。在极静的山林中，仿佛能听见远处大汉溪的声音。

这时我们看见在林木底下有一些紫色的花，正张开花瓣在呼吸着晨间流动的空气。那是酢浆草花，是这世界上最平凡的花，但开在山中的风姿自是不同，它比一般所见的要大三倍，而且颜色清丽，没有丝毫尘埃。最奇特的是它的草茎，由于土地肥美，最短的茎约有一尺，最长的抽离地面竟达三尺多。

孩子看到酢浆花神奇的美大为惊叹，我们便离开小路走进山间去，摘取遍生在山野相思树下的草花，轻轻一拈，一株长长的酢浆花就被拉拔起来。

春天的酢浆花开得真是繁盛，我们很快就采满一大束酢浆花，回到家插在花瓶里，好像把一整座山的美丽与春天全带回来。连孩子都说：“从来没有看过这样美的花。”来访的朋友也全部被酢浆花所惊艳，因为在我们的经验里几乎不能想象，一大束酢浆花之美可以冠绝一切花，这真是“乱头粗服，不掩国色”了。

酢浆花使我想起一位朋友的座右铭：在这个时代里，每个人都像百货公司的化妆品，你的定价能多高，你的价值就有多高。

紫蓝色之梦

在家乡附近有一个很优美的湖，湖水晶明清澈，在分散的几处，开着白色的莲花，我小时候时常在清晨雾露未退时跑去湖边看莲花。

有一天，不知从什么地方漂来一株矮小肥胖的植物，根、茎、叶子都是圆墩墩的，过不久再去看的时候，已经是几株结成一丛。家乡的老人说那是“布袋莲”，如果不立即清除，很快湖面就会被占满。

没想到在大家准备清除时，布袋莲竟开出一串串铃铛般的偏蓝带紫的花朵，我们都被那异样的美所震住了。那些布袋花有点像旅行中的异乡人，看不出它们有什么特殊，却带着谜样的异乡的风采。布袋莲以它美丽的花，保住了生命。

来自外地的布袋莲有着强烈的繁衍力，它们很快地占据了整个湖面，到最后甚至丢石头到湖里都丢不进去，这时，已经没有人有能力清除它了。

当布袋莲全面开花时，仍然有摄人的美，如沉浸在紫蓝色的梦境，但大家都感到厌烦了，甚至期待着台风或大水把它冲走。布袋莲带给我的启示是：美丽不可以嚣张，过度的美丽使人厌腻，如同百货公司的化妆品专柜一样。

马鞍藤与马蹄兰

马鞍藤是南部海边常见的植物，盛开的时候就像开大型运动会，比赛着似的，它的花介于牵牛与番薯花之间，但比前者花形更美、花朵更大、气势也更雄浑。

马鞍藤有着非常强盛的生命力，在海边的沙滩暴晒烈日、迎接海风，甚至灌溉海水都可以存活，有的根茎藏在沙中看起来已枯萎，第二年雨季来时，却又冒出芽来。

这又美又强盛的花，在海边，竟少人会欣赏。另外，与马鞍藤背道而驰的是马蹄兰，马蹄兰的茎叶都很饱满，能开出纯白的恍若马蹄的花朵。它必须种在气温合适、多雨多水的田里，但又怕大风大雨，大雨一下会淋破它的花瓣，大风一吹又使它的肥茎摧折。

这两种花名有如兄弟的花，却表现了完全相反的特质，当然，因为这种特质也有不同的命运。马鞍藤被看成是轻贱的花，顺着自然生长或凋落，绝没有人会采摘；马蹄兰则被看成是珍贵的花被宝爱着，而它最大的用途是用在丧礼上，被看成是无常的象征。

人生，有时像马鞍藤与马蹄兰一样，会陷入两难之境，不过现代人的选择越来越少，很少人能选择马鞍藤的生活，只好做温室的马蹄兰。

散步去吃猪眼睛

不久前，我在家附近的路上散步，发现一条转来转去的小巷尽头新开了一家灯火微明的小摊。那对摊主夫妇，就像我们在任何巷子的任何小摊上见到的主人一样，中年人，发福的身躯，满满的善意的微笑堆在胖盈盈的脸上，热情地招呼着往来过路的客人。

摊子上卖的食物也极平常，米粉汤、臭豆腐、担仔面、海带卤蛋猪头皮，甚至还有红露酒以及米酒加保力达 B，总之是那种随时随意可以小吃细酌的地方。我坐下来，叫了一些小菜、一杯酒，才发现这个小摊子上还卖猪眼睛、猪肺、猪肝连——这三样东西让我很震惊，因为它们关联着我童年的一段记忆。

我便就着四十烛光的小灯，喝着米酒，吃着那几种平凡而卑微的小菜，想起小菜内埋藏的辛酸滋味。

童年的时候，家住在偏远的乡下，离家不远处有一个小小的市场，市场口不知道什么时候就成了个去吃点心夜宵的摊子。哥哥和我经常到市场口去玩，去看热闹，去看那些蹲踞在长条板凳上吃夜宵的乡人。我们总是咽着口水，站在远远的地方看着。对于经常吃番薯拌饭的乡下穷孩子，吃夜宵仿佛是一个相当遥远的梦想。有时候站得太近了，哥哥总会紧紧拉着我的手匆匆地从市场口离开。

后来，哥哥想了一个办法。每到假日就携着我的手到家后面的小溪摸蛤仔——那条宁静轻浅的小溪生产着数量丰富的蛤仔、泥鳅和鱼虾。我们找来一个旧畚箕，溯着溪流而上，一段一段地清理溪中的蛤仔，常常忙到太阳西下，能摸到几斤重的蛤仔。我们把蛤仔批售给在市场里摆海鲜摊位的蚵仔伯，换来一些零散的角子。我们瞒着爸妈，把那些钱全存在锯空的竹筒里。

秋天的时候，我们就爬到山上去捡蝉壳。透明的蝉壳粘挂在野生的相思树上，有时候挂得真像初生不久的葡萄。有时候我们也抓蜈蚣、蛤蟆，全部集中起来卖给街市里的中药铺。据说蝉壳、蜈蚣、蛤蟆都可以用来做中药治皮肤病。

有时我们跑到更远的地方，去捡到处散置的破铜烂铁，以一斤五毛钱的价格卖给收旧货的摊子。

春天是我们收入最丰盛的时间。稻禾初长的时候，我们沿着田沟插竹枝。竹子上用钓钩钩住小青蛙，第二天清晨就去收那些被钩在竹枝上的田蛙，然后提到市场去叫卖。稻子长成收割了，我们则和一群孩童到稻田中拾稻穗，那些被农人遗落在田里的稻穗，是任何人都可以去捡拾的，还有专门收购这些稻穗的人。

甘蔗收成完了，我们就到蔗田捕田鼠，把田鼠卖给煮野味的小店或者是灌香肠的贩子。后来我们有了一点钱，哥哥带我去买了一张捕雀子的网，就挂在稻田的旁边，捕捉进网的小麻雀，运气好的话还可以捉到野斑鸠或失群的鸽子。

我们那些一点一滴的收入全变成角子，偷偷地放置在我们共有的竹筒里。竹筒的钱愈积愈多，我们时常摇动竹筒，听着银钱在里面喧哗的响声，高兴得夜里都难以入眠。

哥哥终于作了一个重大决定，说：“我们到市场口去吃夜宵。”我们商量了一阵，把日期定在布袋戏《大侠一江山》到市场口公演的那一天。日子到了的时候，我们破开竹筒，铜板们像不能控制的潮水般“哗啦啦”散了一地，我们差一点没有高声欢呼起来。哥哥捧着一堆铜板告诉我：“这些钱我们可以吃很多夜宵了。”

我们各揣了一口袋铜板到市场口，决定好好大吃一顿。我们挤在人丛里看《大侠一江山》，心却早就飞到卖小吃的地方了。

戏演完了，我们学着乡下人的样子，把两只脚踩蹲在长条凳上，各叫一碗米粉汤，然后就不知道要吃什么才好了，又舍不得花钱，憋了很久，哥哥才颤颤地问：“什么肉最便宜？”胖胖的老板娘说：“猪眼睛、猪肺、猪肝连都很便宜！”“各来两块钱吧！”我和哥哥异口同声地说。

那天夜里我们吹着口哨回家——我们终于吃过夜宵了，虽然那要花掉我们一个月辛苦工作的成绩。猪眼睛、猪肺、猪肝连都是一般人不吃的东西，我们却觉得是说不出的美味，那种滋味恐怕也说不清楚，大概是因为我们吃的是自己用血汗换来的吧！

后来，我们每当工作了一段时间，哥哥就会说："我们去吃猪眼睛吧！"我们就携着手走出家门前幽长的巷子。我们有很好的兴致在乡道上散步，会停下来看光辉闪照的月亮，会充满喜乐地辨认北极星的方位。我们觉得人生的一切真是美好，连聒噪的蛙鸣都好听——没有特别的原因，只是因为我们要散步去吃猪眼睛。

有一次我们存了一点钱，就想到戏院里看正在上映的电影。看电影对我们也是一种奢侈，平常我们都是去捡戏尾仔，或者在戏院门口央求大人带我们进去，这一次我们终于可以用自己赚来的钱去看电影了。

到电影院门口，我们才知道看一场电影竟要一块半，而我们身上只有两块钱。哥哥买了一张票，说："你进去看吧，我在外面等你，你出来后再告诉我演些什么。"我说："哥，还是你进去看，你脑子好，出来再说故事给我听。"两个人争执半天，我拗不过哥哥，进去了。那场电影是日本电影《黄金孔雀城》，那是个热闹的电影，可是我怎么也看不下去，只是惦记着坐在戏院外面台阶上的哥哥，想到为什么我们不能一起坐着看电影呢？

电影没看完我就跑出来了，看到哥哥冷清的背影，他支着肘不知在想什么事情。戏院外不知何时下起细雨来的，雨丝飘飘，淋在哥哥理光的头颅上。

"演完了？"哥哥看到我的时候说。我摇摇头。"这个电影怎么这样短，别人为什么都没有出来？我又摇摇头。"演些什么？好不好看？"我忍着泪，再摇摇头。"你怎么搞的？到底演些什么？"

哥哥着急地询问着。“哥哥……”我忍不住号啕大哭起来，一句话也说不清楚。我们就相拥着在戏院门口的微雨中哭泣起来，哭了半天，哥哥说：“下次不要再花钱看电影了，还是去吃猪眼睛好。”我们就在雨里散步走回家，路过市场口，都禁不住停下来看着那个卖猪眼睛的摊子。

经过这么多年，我完全记不得第一次自己花钱看的电影演些什么了。然而哥哥穿着小学的卡其色制服的样子，理得光光的头颅，淋着雨冷清清的背影，我却永不能忘，愈是冲刷愈有光泽。

自从发现住家附近有了卖猪眼睛的摊子，我就时常带着妻子去吃猪眼睛，并和她一起回忆我那虽然辛苦却色泽丰富的童年。我们时常无言地散步，沿着幽暗的巷子走到尽头去吃猪眼睛，仿佛一口口吃着自己的童年。

每当我工作辛苦，感到无法排遣的时候，就在散步去吃猪眼睛的路上，我会想起在溪流中、在山林上、在稻田里的那些最初的劳动，并且想起我敬爱的哥哥童年时代坐在戏院门口等我的背影。这些旧事使我充满了力量，使我觉得人生大致上还是美好的，即使是猪眼睛也有说不出的美味。

三轮车跑得快

朋友邀我到财神酒店参加晚宴，他说：“在十五楼的莱茵餐厅。”“来印？”我问。“是……是德国莱茵河的那个‘莱茵’。”

由于我穿着牛仔裤和凉鞋，又到得太早，服务生的态度并不太好。百无聊赖之际，我想到外面去买瓶汽水，抽根烟。我走出财神酒店。仁爱路上林立着各种形状的大厦，楼太高了，把黄昏的太阳挡在见不到的远方。我抬起头，到处都是饭店餐馆，找不到一家卖汽水和香烟的小店，衣着光鲜夺目的女人们鱼贯地走进酒店中。

我顺着红砖道走，路边树太小，没有什么绿意。没几步就是“仁爱国中”，侧门的不远处，有一家仅有两坪大小的小店。屋顶是锈得烂掉一样的铁皮，墙则是由一段段三合板衔接起来的。店中有两位年轻的客人，中年的穿着老旧洋装的微胖的老板娘正在下面。我走近时，她边下面边笑着说：“入来坐啦！”

店很小，东西却很多。长板条的桌子左边放着面、米粉和卤菜，右边是一个漆了绿漆的碎冰机和一些水果，中间是正滚沸着水的一口大锅。店的左面是一个装着各种香烟的玻璃柜子，柜子上摆满瓶罐装的糖果，柜子下是一个冰箱，装满了汽水和啤酒。

老板娘很快下好面，用围裙擦手跑过来问我：“要吃热的还是喝凉的？”

“给我一瓶汽水、一包香烟。”

坐在小店里往门外望去，店前店左都是大马路，赶着下班的人群与车潮奔驰呼啸而过。前后左右四面都是仰头还见不到顶的大楼，唯独这家小店维持着悠闲的农业社会的姿态。

记得小时候，在我们居住的小镇上，几乎每一条街的转角都有一家类似这样的小店，卖冰果和面食。还有的是杂货店，店里堆满各式各样的物品，有的多到无立足之地，但是店老板的脑中就像有个算盘，要买的东西，他在很短的时间内就能取到。

小店在农业社会中扮演了很重要的角色。每到夏日黄昏，乡人忙完了一天的工作，纷纷聚集到小店来，乘凉、说故事、摆龙门阵，甚至拉拉胡琴、唱唱戏。中午时分，休息的农人在桌边悠闲地下棋，并且商谈着插秧、播种、肥料、物价的问题。因此，如果说农业社会生活是缓缓的小溪，小店则是围起来准备灌溉的水塘子，人们在这里稍事休息，然后日子再往前流去。

小店的老板往往也是大众传播的来源。他通常是甘草型的人物，他的亲切与诚恳常成为一个小镇是否可爱的体现。所幸的是，我小时候看见过许多可爱的小店老板，使我能时常保有亲切、乐观的心。在我走过许多地方后，我甚至想，小店或者是乡村里安和的一股力量，因为我们每到一个地方走过街的转角，就知道有一个亲切的人乐观地在一个堆满小东西的店里生活着。

慢步走回财神酒店，我抬头看那两柱擎天的、用几千个小灯泡装饰的大厅，观察着晃动的衣香鬓影，忽然想起小时候时常唱的一首童谣：

三轮车，跑得快，
上面坐个老太太。
要五毛，给一块。
你说奇怪不奇怪？

我们的社会，从三轮车跑到摩托车、跑到小轿车，这并不奇怪，那是许多咬紧牙关生活的人创造出来的。我怕的是，社会跑得太快了，亲切、诚恳与乐观跟不上，使社会变成一种无情的景况。坐在莱茵餐厅高高的窗口旁，我眺望着隔不到两百公尺的小店，可是我看不见小店。夕阳的光辉逐渐隐没，一直到窗外全黑，厅内却灯火通明。我知道，属于每一个街转角的小店正慢慢地消失，那些跷起腿来谈天下棋的乡人呢，也在社会的一端远去了。

正向时刻

狗的享受

路过家附近的一家银行，发现门口或坐或趴着五条狗，这五条狗原本是市场附近的野狗，我认识的，他们本来各占据一处，怎么会同时一起坐在银行前面呢？银行对狗的价值应该还不如路边的面摊，为什么狗不去蹲面摊而要来蹲银行呢？我感到十分好奇。

更使我好奇的是，这五条狗的脸上都流露出非常满足的神情。于是我站在那里研究狗为什么这么满足？为什么整条街都不去，偏偏聚在银行的门口？

十分钟以后，我找到答案了，因为银行的冷气开得很强，又是自动门，进出者众，每每有人出入，里面的冷气就会一阵阵倾泻而出，那些狗是聚在银行门口享受冷气呢！

七月，中午，在台北，有冷气真享受，连狗也知道。

台北秘籍

与朋友去信义路、基隆路口新开的诚品书店看书，无意间发现一张“台北书店地图”。地图以浅咖啡色做底，仿佛一页撕下来的线装书页，非常淡雅，一张一百元。看到这张地图真是开心极了，台北这么多的书店，台北还是很可爱的。

想到不久前在欧克斯家具店找到的“台北东区市街图”，或者可以出版一本书，书里全是分门别类的地图，例如“咖啡店地图”“书廊地图”“名牌服饰地图”“茶艺馆地图”“花店地图”“古董店地图”“餐厅地图”等等。

对了，或者可以有一张“特殊商店地图”，例如后火车站有一家很大的“线庄”，历史悠久，只卖各种针线的。基隆路有一家“大蒜专卖店”，只卖各种大蒜的制品。统领百货巷内有一家卖天然茶的店，好像叫“小熊森林”。松山有一家只卖普洱茶叶的“普洱茶专卖店”……

这些地图可以让我们看出台北的好。

是不是邀请许多艺术家，每一位为台北绘一张这样的地图，让初到台北的人也能知道，台北有许多特色，是不逊于欧洲的。

这样一本地图书名可以叫作“台北秘籍”，副题是“专供初到台北的武林人物在午后秘密演练”呀！想了就很开心。

坐火车的莲花

逛完书店，散步回家，惊见家门口有一枝玫瑰，四朵宝蓝色莲花，靠在门上，站立着。

花里夹着一张便条。原来是一位住在中坜的朋友，他从中坜火车站搭车要到基隆去看女朋友，看到花店，想买一朵玫瑰花送给女朋友。进了花店，看到四朵宝蓝色莲花联想到我，觉得顺路到松山，把莲花送我，再到基隆，送玫瑰给女朋友，行程就很完美了。

他在松山下车，步行到我家，原本要放了花就走，但大厦管理员对他说："林先生有黄昏散步的习惯，又穿着拖鞋短裤，很快会回来了。"结果我去逛书店，他在门口枯等许久，一直到天黑才离去。

至于那朵要送女朋友的玫瑰，算算去基隆时间太晚了，"附赠女友玫瑰一朵"，人就回中坜去了。

朋友留下的那封短笺，里面有格言似的留话："在这个世间，只要不会伤害别人的事，想做什么，就立刻去做吧。"

我把莲花和玫瑰插在花瓶，心想，有些朋友真像花园中的花乍放，时常令人惊喜，下次也要想个什么方法，让他惊喜一下，或者两三下。

条纹玛瑙

暑假到了，在国外的朋友纷纷回来过暑假。

一个朋友从美国马里兰回来，特地来看我，送一个沉重的东西给我，说：“送你一块石头，不成敬意。”

打开，是一块条纹玛瑙，大如垒球，有一公斤重，上半部纯红，下半部红、黄、白、绿，条条相间，真的是美极了。

“真是谢谢你！”我诚挚地说，企图掩藏心里的狂喜，由于朋友是腼腆的人，我担心没有掩饰的惊喜吓到他，所以就淡化了内心的欢喜。

朋友走了，我在书房里抱着那块条纹玛瑙，高呼万岁，不是为了它的昂贵，而是为了它的美，还有超越时空的友谊。

埔里荔枝

在埔里等候国光号的车北上，尚有二十分钟，在车站附近逛逛。

看到一家水果行，想到埔里的特产是荔枝和甘蔗，买了一株甘蔗、十斤荔枝，真不敢相信甘蔗和荔枝都是一斤二十五元，几天前在台北买荔枝，一斤六十元。

国光号上，先吃了荔枝，是籽细肉肥的品种，鲜美极了。

然后吃甘蔗，脆嫩清甜，名不虚传，果然是埔里甘蔗。

回到台北，齿颊仍留着香气，四小时的车程，仿佛只是刹那。

处处莲花开

生命里有许多正向时刻，也有许多负向时刻，一个人快乐的秘诀，便是抓住那正向的时刻，使它更充盈；转化负向的时刻，使它得到清洗。

有人对我们深深地微笑；乡间道上的油麻菜开花了；炎热的夏天午后突来阵雨和凉风；一双蝴蝶突然飞过窗边，在公园里偶然看见远天的彩虹；读一本好书、听了一段动听的音乐……

每天，有一些正向的时光，便有好心情走向明天。时时有正向的时刻，生命便无限美好，日日是好日，处处莲花开。

比云还闲

万松岭上一间屋，
老僧半间云半间。
三更云去作行雨，
回头方羡老僧闲。
——显万法师《庵中自题》

三十年前，我到美国演讲，朋友带我去参观一家企业总部的电脑机房。那一台电脑整整有一个房间那么大，操作起来，声音呱啦，非常吓人。当时，我就想着：人们用这么巨大的东西，想要简化生活的流程，真是太奇怪了。

我使用的第一部无线电话，也是在三十年前。当时我在报社当采访记者。为了方便采访，报社购置了几部汽车行动电话，接在汽车上，使用前一天就要申请，才能携带外出。

汽车行动电话重达五公斤，大小就像 007 情报员的手提箱，一部要价十五万元台币，正好可以在市郊买一间小房子，那时我的月薪四千八百元台币，要攒三年才能买一部汽车行动电话。因为汽车行动电话重而昂贵，每次采访结束后，都要从车上拆下，归还报社。

我们不只经历过资讯不便的生活，也经历过真正不便的日常生活。

小时候，没有洗衣机，我经常随母亲到河边洗衣，因为人口众多，每天要洗一箩筐衣服。我的工作是帮母亲泡湿衣服，以棒槌捶打，等母亲搓揉清洗完毕，再与母亲一人一头把衣服拧干。洗一次衣服，往往需要一个下午。

当时也没有车子，出门往往以小时计算：上学，走一个小时；去姑妈家，走一个半小时；到外婆家，走两个小时；到山上的林场，走三个小时。

当时也没有冰箱，幸好食物不多，最好当日吃完，万一没吃完，要煮过、烫过、卤过，以免坏去。要长久储存，则要腌渍、晒干、发酵，极为费工。

当时更没有电饭锅，煮一餐饭，要从灶里生火开始，吹竹筒、烧大鼎，米浆和锅巴就是煮饭过程的产物。一锅饭煮成了，大约要两三个小时。

…… ……

比起从前，我们的生活便利何止百倍？我们所有的发明都在减少时间的浪费，我们的手机和电脑都已十分便携，随时能与天涯海角的人联络。

洗衣服，完全不必动手；煮饭，不必生火，甚至有免洗的米；冰箱贮满食物，可以一个月不出门买菜；汽车、高铁、地铁，我们的生活不再以“时”计算，而是以“秒”计算，汽车广告是“从零加速到一百公里，只要四点六秒”。

理论上，我们省下了许多时间，生活应该变得很悠闲了。

实际上，我们却变得更忙，因为我们的节奏变快，走得更远，人际关系更错综，生活更复杂。生活便利百倍，忙碌也是百倍。回首前尘，常常忍不住感慨：如果我不用电脑，放弃手机，安步当车，少用现代电子和机具，是不是能有从前悠闲的生活，或回到悠闲的心情呢？

“閒（闲）”这个字真好，是门里的月亮和门外的月亮相呼应，悠闲的人也正是门里常有月光的人。

清代作家李渔甚至为这种门里有月光的生活写了一部书《闲情偶寄》，我最喜欢其中的一段：

> 以无事为荣，夏不谒客，亦无客至，匪止头巾不设，并衫履而废之。或裸处乱荷之中，妻孥觅之不得；或偃卧长松之下，猿鹤过而不知。洗砚石于飞泉，试茗奴以积雪；欲食瓜而瓜生户外，思啖果而果落树头，可谓极人世之奇闻，擅有生之至乐者矣。

赤身躺在荷花池里，连妻儿都找不到。躺在松树下睡觉，猴子跳过和白鹤飞过，也不知道有人在树下。写完字，在瀑布下洗砚台，把雪水拿来试茶。想吃瓜就到屋外去摘，想吃水果就到树下去捡……这是人生珍奇的闲情，也是生活里最快乐的事！

唉唉！真实的生活里，谁还有这样的闲情逸致呢？

想到苏东坡有一句话："江山风月，本无常主，闲者便是主人。"

我想，生命需要减法，要有觉察地放下许多东西，要更从容、更慢、更有空间。

人人都想要浪漫的人生、浪漫的情感，却很少人知道，"浪漫"就是"浪费时间慢慢地走，浪费时间慢慢地吃饭，浪费时间慢慢地相爱，浪费时间慢慢地一起变老"！

莺歌山之冬

每年一到冬天，有一位生长在北方的朋友就常常抱怨台北不下雪，一点不像冬天，然后就会谈起他在北方的故乡。那里一片莹白的雪，让人在冬天还有清明朗净的心情。不下雪有许多事做起来就少了滋味，像喝白干、吃烤羊肉，围在一起吃涮锅。

有一回我忍不住说:“雪恐怕不是你最怀念的，你怀念的只是一种心情吧！”因为即使在台湾也有许多地方下雪，我的朋友到雪地里还是不能平静。一日到了外国遍地的冰雪，恐怕更要怀念这个南方小岛的绿色冬天。

冷暖原来最深刻的感受，不是在肌肤上的，而是心情的。在落寞之际，处在春天的花园里，心里仍然会冷；兴起之时，即使走在寒天的雪夜，还能有意。我常有这样的经验，寻常的人一定也有，我就看过遭受重大挫折的人，在炎热的夏天还浑身打着哆嗦。

不管是春夏秋冬，我总是喜欢到郊外去，因为在室内，就不能有真实的季节感应，我觉得最可悲的莫过于是夏天总是躲在冷气房里，而冬风来袭时则抱守着暖炉的人。那样的人不知道春花何时盛放，也不能体会冬日独步街头冷冽的清醒。

去年冬天，我经常到台北近郊莺歌山上的亲戚家里度假。那时我觉得，就是没有雪，人坐在屋里听着呼啸的山上风雨，也能寒到彻骨，而就是简单地坐在书桌前读一本好书，同样的风雨，都是没有寒意的。

莺歌，是一个再平凡不过的小镇，因为它是个陶瓷工业城，还隐伏着空气污染、噪音弥漫、道路崎岖的种种问题，大致地说，它不能说是一个美丽的城。可是就在我从台北往莺歌驰车的路上，心情就美丽了，尤其是在冬天。

台北往莺歌有两条路，一条是走板桥、树林、山佳，一条是走板桥、土城、三峡。前者是沿着铁道的一条山路，曲曲折折，让人有一种深不可测的感觉。尤其是车到山佳，要通过许多山弯，每一山弯都是一次豁然开朗的大地。后者是在两片平原的中间的宽广马路，左右都是稻田，偶有灰色的农舍夹杂其中，就是最冷的风雨也是绿色的。

我说冬天最好，是因为一到冬天，污染的空气就仿佛在丝丝的冷雨中洗清了。

亲戚住的地方是在山上一座独立的大屋，旁侧就是一家工厂，即使在冬天，工厂也二十四小时发出隆隆的机械声，机械的规律性，时间一久也能不闻其声了。如果有风雨隔着，机械的声音就黯淡下来，那时坐在桌前听风看雨，机械的声音仿佛是有生命的，不肯向风雨妥协。然而在第二天的清晨，我看见一车的地砖从工厂中运出，它们是沉默的，但是全省有多少大楼就在那沉默中被建造起来呢？

最好的是火车的声音吧。居处不远，每隔几分钟就有火车的声音响过，从远处看，火车真是美的，每一格车窗都有一格乡心在旷野中奔驰，每一扇亮灯的车窗都是活的，它带着我们夜的怀乡的心情，开向南方；南方此刻可能是暖天，是阳光普照的，我总觉得望着远远的列车，雨中远比阳光下让人惊心。

有时候亲戚的小孩放假，我们就在书房里说故事，围着煤油的炉子，我聆听着孩子们说出他们心里的梦想，他们在冬季仍是充满生命的热力，不畏寒冷。有一天，他们在院子里放冲天炮，一道闪光射过满天的雨，最小的孩子欢呼着说："我要把冲天炮射到星星的位置。"那时天上并没有星星，可是在孩子心里却有星星的光芒。我想，孩子不畏冬，因为他们总知道春天的百花不远，大人怕冷，是知道下一个春天不是今年的春天。

冬天在孩子的眼中是为春天而吹奏的音乐，是在风雨中还能看见的朝霞。在孩子看来，冬天和春天的距离像同一花枝的两朵花。对我们来说，冬与春的距离，像星与星的距离一样大。我几乎能体会孩子的想法，但也使我惆怅，冬天是烦人的，然而只要我们能捉住小小的乐趣，冬天烤番薯的香味也可以和春天的玫瑰花香一样令人回味。

人只要多少有孩子的心情和孩子的梦，冬天下不下雪无关紧要，因为雪总要过去。纪伯伦说："橡树和松柏既不是同类，也不必在彼此的荫中生长。"在莺歌山上过冬，我觉得冬天如果是松柏，春天就是橡树，原是没有好坏，差别的只是心情。我写信给朋友："不必怀念北国的雪了，没有雪也能有雪的心情。"

青山白发

在北莺公路上，刚进入山路的时候，发现道路左边蹿出来一丛丛苇芒，右边也蹿出了一丛丛苇芒，然后车子转进了迂回的山路，芒花竟像一种秋天的情绪，感染了整片山丘，有几座乔木稀少的小丘，蒙上了一片白。冬天的寒风从谷口吹来，苇上白色的芒花随着飘摇了起来。

我忍不住下车站在整山的白芒花前。青色山脉是山的背景，那时的苇芒像是水墨画的留白，这留白的空间虽未多作着墨，却充满了联想，仿佛它给山的天地间多留了空间，我们可以顺着芒花的步迹往更远的天地走去。我站在苇芒花的中间，虽不能见到山的背面，也看不到那弯折的路之尽头，但我知道，顺着这飘动的白色寻去，山的背面是苇芒，路的尽头也是苇芒。

北莺公路是我经常旅行的一条路，就在两星期前我曾路过这里，那时苇芒还只是山中的野草，芜杂地蔓生两旁，我们完全不能感知它的美。仅仅两星期的时间，蔓生的野草吐出了心头的白，染满了山坡，顺势下望，可以看到大汉溪的两旁，那些没有耕种的田地，已经完全被白色占据了。好像这些白色的芒花不是慢慢开起，而是在一夜之间怒放。

在乡间，芼芒是最低贱的植物，因此它的生命力特别强悍，一到秋天，它就成为山野中最美的景色了。有一年我在花盆里随意栽植一株芼芒，本来静静躺在花园一角，到秋末它突然抽拔开花，那些黄的红的花全成了烘衬它的背景。那令我们感觉，芼芒代表了自然的时序，它一生的精华就在秋天。有一次，我路过村落去探望郊区的朋友，在路旁拔了几株芼芒的长花送给朋友，他收到芼芒花时不禁感叹："竟然已是秋天了！"——芼芒给人季节的感受，胜过了春天的玫瑰。

站在满山的芒花里，我想起一位特立独行的和尚云门文偃。云门是禅宗里追求心灵自由的代表，有一次，一位和尚问他："什么是佛法的大意？""春来草自青！"他说。又有和尚问他："什么是成佛的方法？""东山水上行！"他说。

在云门的眼中，佛法的大意与成佛的方法，其实就是一种自然，一种万物变化与成长的基本道理：透过这种自然的过程，我们既可以说，佛法大意是"春来草自青"，当然也可以说是"秋天芼自白"，它是自然心，也是平常心。

云门和尚的祖师爷德山宣鉴，自以为天下学问唯我知焉，他从四川一直向湖南走去，要向南方的禅师们挑战，好不容易到了澧阳崇信大师弘法的道场龙潭，不免心高气傲地大叫："久闻龙潭大名，没想到潭也没有、龙也没有！"但一看到龙潭风景优美，就住了下来。

有一天月黑风高，德山坐在寺前沉思佛法精义，忽然从黑暗中走出一个人影，正是崇信大师，对他说："夜深了，何不回到温暖的房里休息？”德山说：“回去的路太黑了！”崇信爱怜地说：“我去给你点一盏灯，一盏光明之灯。”

不一会儿，崇信从寺中点来一盏灯，虽是一盏小灯，也足以照亮了通往龙潭寺的小路，他交给德山说：“拿去吧！这是光明的灯。”德山正伸手要接，崇信突然一口吹熄了灯，一言不发，德山羞愧交加，猛然悟道，长跪不起。

德山所悟的道正是心灵之灯，是自然的生发，而不是外力的点燃，这种力量原本不限于灯，也就像秋天里满山的芒花，它不必言语，就让人体会了天地，全是在时间的推演下自然生变——青山犹有白发的时候，何况是人呢？

《金刚经》里说：“过去心不可得，现在心不可得，未来心不可得。”为什么不可得呢？因为面对自然的浩浩渺渺，人的心念实在是无比细小，而且时刻变化，让我们无法知解人与自然的本意。这本意正是“春来草自青，秋来苇自白”，是一种宇宙时空的推演。

我读过一本《醉古剑堂扫》，书中有这样几句：“今世昏昏逐逐，无一日不醉，无一人不醉。趋名者醉于朝，趋利者醉于野，豪者醉于声色马车，而天下竟为昏迷不醒之天下矣。安得一服清凉，人人解醒。”乃是因为人不能取寓自然，所以不能得人间的清凉。虽说不少智慧之士想要突破这种自然演变的藩篱，像明朝才子于孔兼在《菜根谭题词》里说：“天劳我以形，吾逸吾心以补之；天厄我以遇，吾高吾道以通之。”想要找到一条补天通天的道路，可是，我们的心再飘逸，我们的道再高远，恐怕都无法让苇芒在春日里开花吧！

人面对自然、宇宙、时空的无奈，实在是无可奈何的事，豪放如李白，在《把酒问月》一诗中曾有一段淋漓的描写：“今人不见古时月，今月曾经照古人。古人今人若流水，共看明月皆如此。唯愿当歌对酒时，月光长照金樽里。”真真写出了淡淡的感慨。人能与月同行，而月却古今辉映，人在月中仅是流水一般的情境。同样的，人能在苇草白头之时感慨不已，可是年年苇草白头，而人事已非！

少年时代读《孔雀东南飞》，有几句至今仍不能忘：“君当作磐石，妾当作蒲苇，蒲苇韧如丝，磐石无转移。”这是刘兰芝对丈夫表达永志不渝的誓词，竟把芦苇蒲草比作永远的磐石，令人记忆鲜明，最后仍不免徘徊于庭树之下，自挂东南枝，殉情以殁；刘兰芝魂灵已远，不能知道她心中的苇草，仍在南方的山头开放。

想到苇草种种，突然浮起苏东坡的名句“青山一发是中原”，那青山远望只是一发，而在秋天的青山里，那情牵动心的一发却已在无意之中白了发梢，即使是中原，此刻也是白发满山了吧！

我离开那座开满芒花的丘陵，驱车驰往乡间，脑中全是在风中飘摇的芒花，竟使我微微颤抖起来，有一种越过山头的冲动，虽然心里明明知道山头可攀，而青山白发影像烙在心头，却是遥遥难越了。

○

伍 以欢喜心过生活

清欢

少年时代读到苏轼的一阕词，非常喜欢，到现在还能背诵：

细雨斜风作晓寒，淡烟疏柳媚晴滩，入淮清洛渐漫漫。
雪沫乳花浮午盏，蓼茸蒿笋试春盘，人间有味是清欢。

这阕词，苏轼在旁边写着“元丰七年十二月二十四日，从泗州刘倩叔游南山”。原来是苏轼和朋友到郊外去玩，在南山里喝了浮着雪沫乳花的淡茶，配着春日山野里的蓼菜、茼蒿、新笋，以及野草的嫩芽等等，然后自己赞叹着：“人间有味是清欢！”

当时所以能深记这阕词，最主要的是爱极了后面这一句，因为试吃野菜的这种平凡的清欢，才使人间更有滋味。“清欢”是什么呢？清欢几乎是难以翻译的，可以说是“清淡的欢愉”，这种清淡的欢愉不是来自别处，正是来自对平静疏淡简朴生活的一种热爱。当一个人可以品味出野菜的清香胜过了山珍海味，或者一个人在路边的石头里看出了比钻石更引人的滋味，或者一个人听林间鸟鸣的声音感受到比提笼遛鸟更感动，或者体会了静静品一壶乌龙茶比起在喧闹的晚宴中更能清洗心灵……这些就是“清欢”。

清欢之所以好，是因为它对生活的无求，是它不讲求物质的条件，只讲究心灵的品味。“清欢”的境界很高，它不同于李白的“人生在世不称意，明朝散发弄扁舟”那样的自我放逐；或者“人生得意须尽欢，莫使金樽空对月”那种尽情的欢乐。它也不同于杜甫的“人生有情泪沾臆，江水江花岂终极”这样悲痛的心事，或者“人生不相见，动如参与商。今夕复何夕，共此灯烛光”那种无奈的感叹。

我们活在这个世界上，有千百种人生。文天祥的是“人生自古谁无死，留取丹心照汗青”，我们很容易体会到他的壮怀激烈。欧阳修的是“人生自是有情痴，此恨不关风与月”，我们很能体会到他的绵绵情恨。纳兰性德的是“人到情多情转薄，而今真个不多情”，我们也不难会意到他无奈的哀伤。甚至于像王国维的“人生只似风前絮，欢也零星，悲也零星，都作连江点点萍”那种对人生无常所发出的刻骨的感触，也依然能够知悉。

可是“清欢”就难了！

尤其是生活在现代的人，差不多是没有清欢的。

什么样是清欢呢？我们想在路边好好地散个步，可是人声车声不断地呼吼而过，一天里，几乎没有纯然安静的一刻。

我们到馆子里，想要吃一些清淡的小菜，几乎是杳不可得，过多的油、过多的酱、过多的盐和味精已经成为中国菜最大的特色。有时害怕了那样的油腻，特别嘱咐厨子白煮一个菜，菜端出来时让人吓一跳，因为菜上挤的沙拉比菜还多。

有时没有什么事，心情上只适合和朋友去啜一盅茶、饮一杯咖啡，可惜的是，心情也有了，朋友也有了，就是找不到地方，有茶有咖啡的地方总是嘈杂的。

俗世里没有清欢了，那么到山里去吧！到海边去吧！但是，山边和海湄也不纯净了，凡是人的足迹可以到的地方，就有了垃圾，就有了臭秽，就有了吵闹！

有几个地方我以前常去的，像阳明山的白云山庄，叫一壶兰花茶，俯望着台北盆地里堆叠着的高楼与人欲，自己饮着茶，可以品到茶中有清欢。像在北投和阳明山间的山路边有一个小湖，湖畔有小贩卖功夫茶，小小的茶几、藤制的躺椅，独自开车去，走过石板的小路，叫一壶茶，在躺椅上静静地靠着，有时湖中的荷花开了，真是惊艳一山的沉默。有一次和朋友去，两个人在躺椅上静静喝茶，一下午竟说不到几句话，那时我想，这大概是“人间有味是清欢”了。

现在这两个地方也不能去了，去了只有伤心。湖里的不是荷花了，是漂荡着的汽水罐子，池畔也无法静静躺着，因为人比草多，石板也被踏损了。到假日的时候，走路都很难不和别人推挤，更别说坐下来喝口茶。如果运气更坏，会遇到呼啸而过的飞车党，还有带伴唱机来跳舞的青年，那时所有的感官全部电路走火，不要说清欢，连欢也不剩了。

要找清欢，就一日比一日更困难了。

当学生的时候，有一位朋友住在中和圆通寺的山下，我常常坐着颠簸的公交车去找她，两个人就沿着上山的石阶，漫无速度地走走、坐坐、停停、看看。那时圆通寺山道石阶的两旁，杂乱地长着朱槿花，我们一路走，顺手拈下一朵熟透的朱槿花，吸着花朵底部的花露，其甜如蜜，而清香胜蜜，轻轻地含着一朵花的滋味，心里遂有一种只有春天才会有的欢愉。

圆通寺是一座全由坚固的石头砌成的寺院，那些黑而坚硬的石头坐在山里仿佛一座不朽的城堡，绿树掩映，清风徐徐。站在用石板铺成的前院里，看着正在生长的小市镇，那时的寺院是澄明而安静的，让人感觉走了那样高的山路，能在那平台上看着远方，就是人生里的清欢了。

后来，朋友嫁人，到国外去了。我去过一趟圆通寺，山道已经开辟出来，车子可以环山而上，小山路已经很少人走。就在寺院的门口摆着满满的摊贩，有一摊是儿童乘坐的机器马，叽哩咕噜的童歌震撼半山，有两摊是打香肠的摊子，烤烘香肠的白烟正往那古寺的大佛飘去，有一位母亲因为不准孩子吃香肠而揍打着两个孩子，激烈的哭声尖亢而急促……我连圆通寺的寺门都没有进去，就沉默地转身离开，山还是原来的山，寺还是原来的寺，为什么感觉完全不同了，失去了什么吗？失去的正是清欢。

下山时的心情是不堪的，想到星散的朋友，心情也不是悲伤，只是惆怅，浮起的是一阕词和一首诗，词是李煜的："高楼谁与上？长记秋晴望。往事已成空，还如一梦中！"诗是李觏的："人言落日是天涯，望极天涯不见家。已恨碧山相阻隔，碧山还被暮云遮！"

那时正是黄昏，在都市烟尘蒙蔽了的落日中，真的看到了一种悲剧似的橙色。

我二十岁时心情很坏的时候，就跑到青年公园对面的骑马场去骑马，那些马虽然因驯服而动作缓慢，却都年轻高大，有着光滑的毛色。双腿用力一夹，它也会如箭一般呼啸向前蹿去，急遽的风声就从两耳掠过，我最记得的是马跑的时候，迅速移动着的草的青色，青茸茸的，仿佛饱含生命的汁液，跑了几圈下来，一切恶的心情也就在风中、在绿草里、在马的呼啸中消散了。

尤其是冬日的早晨，勒着缰绳，马就立在当地，踢踏着长腿，鼻孔中冒着一缕缕的白气，那些气可以久久不散，当马的气息在空气中消弭的时候，人也好像得到某些舒放了。

骑完马，到青年公园去散步，走到成行的树荫下，冷而强悍的空气在林间流荡着，可以放纵地、深深地呼吸，品味着空气里所含的元素，那元素不是别的，正是清欢。

最近有一天，突然想到骑马，已经有十几年没骑了。到青年公园的骑马场时差一点吓昏，原来偌大的马场里已经没有一根草了，一根草也没有的马场大概只有台湾才有，马跑起来的时候，灰尘滚滚，弥漫在空气里的尽是令人窒息的黄土，蒙蔽了人的眼睛。马也老了，毛色斑驳而失去光泽。

最可怕的是，不知道什么时候在马场搭了一个塑料棚子，铺了水泥地，其丑无比，里面则摆满了机器的小马，让人骑用，其吵无比。为什么为了些微的小利，而牺牲了这个马场呢？

马会老是我知道的事，人会转变是我知道的事，而在有真马的地方放机器马，在马跑的地方没有一株草，则是我不能理解的事。

就在马场对面的青年公园，那里已经不能说是公园了，人比西门町还拥挤吵闹，空气比咖啡馆还坏，树也萎了，草也黄了，阳光也不灿烂了。我从公园穿越过去，想到少年时代的这个公园，心痛如绞，别说清欢了，简直像极了佛经所说的“五浊恶世”！

生在这个时代，为何“清欢”如此难觅？眼要清欢，找不到青山绿水；耳要清欢，找不到宁静和谐；鼻要清欢，找不到干净空气；舌要清欢，找不到蓼茸蒿笋；身要清欢，找不到清凉净土；意要清欢，找不到智慧明心。如果你要享受清欢，唯一的方法是守在自己小小的天地，洗涤自己的心灵，因为在我们拥有愈多的物质世界，我们的清淡的欢愉就日渐失去了。

现代人的欢乐，是到油烟爆起、卫生堪虑的啤酒屋去吃炒蟋蟀；是到黑天暗地、不见天日的卡拉OK去乱唱一气；是到乡村野店、胡乱搭成的土鸡山庄去豪饮一番；以及到狭小的房间里做方城之戏，永远重复着摸牌的一个动作……这些污浊的放逸的生活以为是欢乐，想起来毋宁是可悲的。为什么现代人不能过清欢的生活，反而以浊为欢，以清为苦呢？

一个人以浊为欢的时候，就很难体会到生命清明的滋味，而在欢乐已尽、浊心再起的时候，人间就愈来愈无味了。

这使我想起东坡的另一首诗来：

梨花淡白柳深青，柳絮飞时花满城。
惆怅东栏一株雪，人生看得几清明？

苏轼凭着东栏看着栏杆外的梨花，满城都飞着柳絮时，梨花也开了遍地，东栏的那株梨花却从深青的柳树间伸了出来，仿佛雪一样的清丽，有一种惆怅之美，但是人生看这么清明可喜的梨花能有几回呢？这正是千古风流人物的性情，这正是清朝大画家盛大士在《溪山卧游录》中说的："凡人多熟一分世故，即多一分机智。多一分机智，即少却一分高雅。""'山中何所有？岭上多白云。只可自怡悦，不堪持赠君。'自是第一流人物。"

第一流人物是什么人物？第一流人物是在清欢里也能体会人间有味的人物！第一流人物是在污浊滔滔的人间，也能找到清欢的滋味的人物！

幸福的开关

一直到现在，我每看到在街边喝汽水的孩童，总会多注视一眼。而每次走进超级市场，看到满墙满架的汽水、可乐、果汁饮料，心里则颇有感慨。

看到这些，总令我想起童年时代想要喝汽水而不可得的景况。在台湾初光复不久的那几年，乡间的农民虽不致饥寒交迫，但是想要三餐都吃饱似乎也不太可得，尤其是人口众多的家族，更不要说有什么零嘴饮料了。

我小时候对汽水有一种特别奇妙的向往，原因不在汽水有什么好喝，而是由于喝不到汽水。我们家是有几十口人的大家族，小孩依大小排行就有十八个之多，记忆里东西仿佛永远不够吃，更别说是喝汽水了。

喝汽水的时机有三种，一种是喜庆宴会，一种是过年的年夜饭，一种是庙会节庆。即使有汽水，也总是不够喝，到要喝汽水时好像进行一个隆重的仪式，十八个杯子在桌上排成一列，依序各倒半杯，几乎喝一口就光了，然后大家舔舔嘴唇，觉得汽水的滋味真是鲜美。

有一回，我走在街上的时候，看到一个孩子喝饱了汽水，站在屋檐下呕气，呕——长长的一声，我站在旁边简直看呆了，羡慕得要死掉，忍不住忧伤地自问道：什么时候我才能喝汽水喝到饱？什么时候才能喝汽水喝到呕气？因为到读小学的时候，我还没有尝过喝汽水喝到呕气的滋味，心想，能喝汽水喝到把气呕出来，不知道是何等幸福的事。

当时家里还点油灯，灯油就是煤油，台语称作“臭油”或“番仔油”。有一次我的母亲把臭油装在空的汽水瓶里，放置在桌脚旁，我趁大人不注意，一个箭步就把汽水瓶拿起来往嘴里灌，当场两眼翻白、口吐白沫，经过医生的急救才活转过来。为了喝汽水而差一点丧命，后来成为家里的笑谈，却并没有阻绝我对汽水的向往。

在小学三年级的时候，有一位堂兄快结婚了，我在他结婚的前一晚竟辗转反侧地失眠了，我躺在床上暗暗地发愿：明天一定要喝汽水喝到饱，至少喝到呕气。

第二天我一直在庭院前窥探，看汽水送来了没有。到上午九点多，看到杂货店的人送来几大箱汽水，堆叠在一处，我飞也似的跑过去，提了两大瓶黑松汽水，就往茅房跑去。彼时农村的厕所都盖在远离住屋的几十米之外，有一个大粪坑，几星期才清理一次，我们小孩子平时是很恨进茅房的，卫生问题通常是就地解决，因为里面实在太臭了。但是那一天我早计划好要在里面喝汽水，那是家里唯一隐秘的地方。

我把茅房的门反锁，接着打开两瓶汽水，然后以一种虔诚的心情，把汽水咕嘟咕嘟地往嘴里灌，就像灌蟋蟀一样，一瓶汽水一会儿就喝光了，几乎一刻也不停地，我把第二瓶汽水也灌进腹中。

我的肚子整个胀起来，我安静地坐在茅房地板上，等待着呕气，慢慢地，肚子有了动静，一股沛然莫之能御的气翻涌出来，呕——汽水的气从口鼻冒了出来，冒得我满眼都是泪水，我长长地叹了一口气："这个世界上再也没有比喝汽水喝到呕气更幸福的事了吧！"然后朝圣一般打开茅房的木栓，走出来，发现阳光是那么温暖明亮，好像从天上回到了人间。

每一粒米都充满幸福的香气

在茅房喝汽水的时候，我忘记了茅房的臭味，忘记了人间的烦恼，觉得自己是世上最幸福的人，一直到今天我还记得那年叹息的情景，当我重复地说："这个世界上再也没有比喝汽水喝到呕气更幸福的事了吧！"心里百感交集，眼泪忍不住就要落下来。

贫困的岁月里，人也能感受到某些深刻的幸福，像我常记得添一碗热腾腾的白饭，浇一匙猪油、一匙酱油，坐在"户定"（厅门的石阶）前细细品味猪油拌饭的芳香，那每一粒米都充满了幸福的香气。

有时这种幸福不是来自食物，我记得当时在我们镇上住了一位卖酱菜的老人，他每天下午的时候都会推着酱菜摊子在村落间穿梭。他沿路都摇着一串清脆的铃铛，在很远的地方就可以听见他的铃声，每次他走到我们家的时候，都在夕阳将落下之际，我一听见他的铃声便跑出来，看见他浑身都浴在黄昏柔美的霞光中，那个画面、那串铃声，使我感到一种难言的幸福，好像把人心灵深处的美感全唤醒了。

有时幸福来自于自由自在地在田园中徜徉了一个下午。

有时幸福来自于看到萝卜田里留下来做种的萝卜，开出一片宝蓝色的花。

有时幸福来自于家里的大狗突然生出一窝颜色都不一样的、毛茸茸的小狗。

生命的幸福原来不在于人的环境、人的地位、人所能享受的物质，而在于人的心灵如何与生活对应。因为，幸福不是由外在事物决定的，贫困者有贫困者的幸福，富有者有富有者的幸福，位尊权贵者有其幸福，身份卑微者也有其幸福。在生命里，人人都是有笑有泪；在生活中，人人都有幸福与忧恼，这是人间世界真实的相貌。

从前，我在乡间城市穿梭做报道访问的时候，常能深刻地感受到这一点，坐在夜市喝甩头仔米酒配猪头肉的人，他感受到的幸福往往不逊于坐在大饭店里喝 XO 的富豪。蹲在寺庙门口喝一斤二十元粗茶的农夫，他得到的快乐也不逊于喝冠军茶的人。围在甘蔗园吆五喝六，输赢只有几百元的百姓，他得到的刺激绝对不输于在梭哈台上输赢几百万的豪华赌徒。

这个世界原来就是个相对的世界，而不是绝对的世界，因此幸福也是相对的，不是绝对的。

由于世界是相对的，使得到处都充满缺憾，充满了无奈与无言的时刻。但也由于相对的世界，使得我们不论处在任何景况，都还有幸福的可能，能在绝壁之处也见到缝中的阳光。

我们幸福的感受不全然是世界所给予的，而是来自我们对外在或内在的价值判断，我们的幸福与否，正是由自我的价值观来决定的。

以直观来面对世界

如果，我们没有预设的价值观呢？如果，我们可以随环境调整自己的价值判断呢？

就像一个不知道金钱、物质为何物的赤子，他得到一千元的玩具与十元的玩具，都能感受到一样的幸福。这是他没有预设的价值观，能以直观来面对世界，世界也因此以幸福来面对他。

就像我们收到陌生者送的贵重礼物，给我们的幸福感还不如知心朋友寄来的一张卡片。这是我们随环境来调整自己的判断，能透视物质包装内的心灵世界，幸福也因此来面对我们的心灵。

所以，幸福的开关有两个，一个是直观，一个是心灵的品味。

这两者不是来自远方，而是由生活的体会得到的。什么是直观呢？

有源律师问大珠慧海禅师："和尚修道，还用功否？"大珠："用功。""如何用功？""饿来吃饭，困来眠。""一切人总如同师用功否？""不同！""何故不同？""他吃饭时不肯吃饭，百种须索；睡时不肯睡，千般计较，所以不同也。"

好好地吃饭，好好地睡觉就是最大的幸福，最深远的修行，这是多么伟大的直观！在禅师的语录里有许多这样的直观，都是在教导启示我们找到幸福的开关，例如：

百丈怀海说："如今对五欲八风，情无取舍，垢净俱亡，如日月在空，不缘而照；心如木石，亦如香象截流而过，更无滞碍，此人天堂地狱所不能摄也。"

庞蕴居士说："神通并妙用，运水与搬柴。""好雪片片，不落别处。"

沩山灵祐说："一切时中，视听寻常，更无委曲，亦不闭眼塞耳，但情不附物，即得。……譬如秋水澄清，清净无为，澹泞无碍，唤他作道人，亦名无事之人。"

黄檗希运："凡人多不肯空心，恐落空。不知自心本空，愚人除事不除心，智者除心不除事。""终日吃饭，未曾咬着一粒米；终日行，未曾踏着一片地。与么时，无人我等相，终日不离一切事，不被诸境惑，方名自在人。”

在禅师的话语中，我们在在处处都看见了一个人如何透过直观，找到自心的安顿、超越的幸福。若要我说世间的修行人所为何事，我可以如是回答：“是在开发人生最究竟的幸福。”这一点禅宗四祖道信早就说过了，他说：“快乐无忧，故名为佛！”读到这么简单的句子使人心弦震荡，久久还绕梁不止，这不是人间最大的幸福吗？

只是在生命的起落之间，要人永远保有“快乐无忧”的心境是何其不易，那是远远越过了凡尘的青山与溪河的胸怀。因此另一个开关就显得更平易了，就是心灵的品味，仔细地体会生活环节的真义。

垂丝千尺，意在深潭

现代诗人周梦蝶，他吃饭很慢很慢，有时吃一顿饭要两个多小时，有一次我问他：“你吃饭为什么那么慢呢？”

他说：“如果我不这样吃，怎么知道这一粒米与下一粒米的滋味有什么不同。”

我从前不知道他何以能写出那样清新空灵、细致无比的诗歌，听到这个回答时，我完全懂了，那是自心灵细腻的品味，有如百千明镜鉴像，光影相照，使我们看见了幸福原是生活中的花草，粗心的人践花而过，细心的人怜香惜玉罢了。

这正是黄龙慧南说的："高高山上云，自卷自舒，何亲何疏；深深涧底水，遇曲遇直，无彼无此。众生日用如云水，云水如然人不尔。若得尔，三界轮回何处起？"

也是克勤圆悟说的："三百六十骨节，一一现无边喧妙身；八万四千毛端，头头彰宝王刹海。不是神通妙用，亦非法尔如然，苟能千眼顿开，直是十方坐断！"

众生在生活里的事物就像云水一样，云水如此，只是人不能自卷自舒、遇曲遇直，都保持幸福之状。保有幸福不是什么神通，只看人能不能千眼顿开，有一个截然的面对。

"垂丝千尺，意在深潭。"我们若想得到心灵真实的归依处，使幸福有如电灯开关，随时打开，就非时时把品味的丝线放到千尺以上不可。

人间的困厄横逆固然可畏，但人在横逆困厄之际，没有自处之道，不能找到幸福的开关才是最可怕的。因为这世界的困境牢笼不光为我一个人打造，人人皆然，为什么有的人幸福，有的人不幸，实在值得深思。

我有一位朋友，是一家大公司的经理，有一天，我约他去吃番薯稀饭，他断然拒绝了。

他说："我从小就是吃番薯稀饭长大的，十八岁那一年我坐火车离开彰化家乡，在北上的火车上我对天发誓：这一辈子我宁可饿死，也不会再吃番薯稀饭了。”

我听了怔在当地。就这样，他二十年没有吃过一口番薯，也许是这样决绝的志气与誓愿，使他步步高升，成为许多人欣羡的成功者。不过，他的回答真是令我惊心，因为在贫困岁月抚养我们成长的番薯是无罪的呀！

当天夜里，我独自去吃番薯稀饭，觉得这被视为卑贱象征的地瓜，仍然滋味无穷，我也是吃番薯稀饭长大的，但不管何时何地吃它，总觉得很好，充满了感恩与幸福。

走出小店，仰望夜空的明星，我听到自己步行在暗巷中清晰而渺远的足音，仿佛是自己走在空谷之中，我知道，我们走过的每一步不一定是完美的，但每一步都有值得深思的意义。

只是，空谷足音，谁愿意驻足聆听呢？

幸福终结者

从前看童话书，有许多是关于王子和公主的故事，这种故事都是千篇一律，是公主受到某种妖魔或巫婆的咒术所魅惑，变成植物、动物，或长睡、或被禁制而失去了自由。王子，英俊、潇洒、骑着白马、手拿宝剑，经过重重磨难，终于把公主救了出来，故事的终结总是：“王子与公主从此过着幸福快乐的日子。”

虽然在小时候我们就知道那个“从此”是不太可能的，但一读到“从此过着幸福快乐的日子”心里就充满一种特殊的感动，深知那不一定是个结局，却一定是个期望。

为什么说“从此过着幸福快乐的日子”不是结局，却是期望呢？因为除了童话，我们看到许多卡通影片也是千篇一律的，一只弱小的动物或一个弱小的人，一开始总被强大的动物、人，或者压力整得一塌糊涂，在故事的后半段，他们总是奋力一击，获得了最后的胜利，结局也可以说是“从此过着幸福快乐的日子”。

不幸的是，卡通影片与童话故事不同，它有续集，主角的幸福仿佛没有过多久，就要面临新的考验与压力，在挫败的角落中抗争，最后又得到一次幸福。然后，故事就周而复始地重复不已，卡通人物是不死的，所以他们的失败与压力不死，他们的幸福也总是在失落沉沦中重升。

不只童话或卡通是这样，在电视上演给大人看的警匪、侦探、情爱的单元剧也都是如此。我们知道，在人生里，借着外在世界的克服、奋斗，不一定能得到最后幸福的结局，因为只要这个世界不停止转动，人的挫折就不会终止，活在这世界一天，就不可能有“从此过着幸福快乐的日子”的一天。即使贵如王子与公主也不能逃出这个铁则，这是为什么我们读古代王室的历史，发现争端、纠缠、丑闻的时代总比太平的时代多得多的原因。

是的，我们骑白马拿宝剑去砍杀妖魔、破除巫术，并不能使我们进入平安的境地。

我对于王子与公主的故事于是有了新的体会，如果我们把除妖魔的行动当成是一种象征，象征王子砍除了心中的妖魔与纠葛，到达一个宽广、博大、慈悲、无所动摇的心境，那么他从此过着幸福快乐的日子并不是不可能。

不要说走在荆棘遍地、丑怪狰狞的地方了，就是走在地狱的炼火中，也能有清凉的甘露。佛教里有一尊地藏王菩萨，由于心地无限光明与无量慈悲，经常在地狱中救拔众生，当他走过地狱燃烧的烈火，每一朵火焰都化成一朵最美丽的红莲花，来承接他的双足，这是一则多么动人的启示呀！

我们对于最终的幸福，因而要有一个更新的体认，记不得是哪个诗人说过："人们常为了追求幸福而倒在尘沙之中，而伊甸园就在附近。"莎士比亚就说过："快乐，不是一个地方，而是一个方向。"

幸福快乐不是一个结局，只是一个方向罢了，我们只能说一直在往那个方向走，而不能说是在朝那个结局前进。

只要我们去除心的葛藤，不断追求幸福的方向，就不只是让我们从黑暗之地走向光明，而是从光明走向另一个光明的起点。

是什么使我们从光明走向光明？说穿了也很简单，就是回到心的清净，回到一个更广大的包容罢了。

最清净广大的心胸世界，才是幸福的终结者。

波罗蜜

开车载朋友路经天母东路，突然看见路边货车挂了一块大木板，上面写着："波罗蜜，很好吃"。

我问朋友："吃过波罗蜜吗？"

"没有。"

"去买一个来吃。"虽然我的车子已经开远，为了让朋友一尝波罗蜜的滋味，立即回转车子，绕了一圈，停在挂着波罗蜜牌子的货车旁。

卖波罗蜜的是一个年轻娇小的小姐，显得那些波罗蜜更为巨大。波罗蜜也确实是巨无霸的水果，只有大西瓜勉强可以与它比大。

"小姐，请帮我称一个波罗蜜。"我说。

她有点艰难地把波罗蜜放在秤上，说："三千六百元。"

我听了，倒退三步，因为我原来预期一个波罗蜜顶多五六百元。

想到去年我在高雄县六龟乡的不老温泉，挑了一个最大的波罗蜜才五百元，而且现挑现开，老板把肉挑出，把心包好才交给我们，没想到在台北挑了一个最小的，竟是七倍的价钱。

小姐看我面有惧色，于是说：“不然，你买一半，只要两千元左右。”

我摇摇头。

她说：“四分之一？大约只要一千元。”

我又摇摇头。

她说：“我还有剥好的，一盒三百五，三盒一千元。”

最后，我买了一盒剥好的波罗蜜，由于冻在冰柜，十分清凉，可惜只有十几粒，实在太贵了，不过，朋友总算也吃过波罗蜜了。

我对朋友说，波罗蜜会变成这么贵真是始料未及，从前我们老家山上就种着一棵波罗蜜树，树形并不高大，只有一丈左右，但每年到夏天盛产，总会结出二三十颗果实，每颗都有二十几斤重。

当时在乡下，波罗蜜没有人要买，因此收成时顶烦恼的，总要捧去送给亲戚，有时亲戚嫌麻烦，甚至不肯要。

剖波罗蜜是一件大工程，因为果实的黏性很强，刀子常会粘在其中，每次父亲把波罗蜜剖开，衣裤总是汗湿了。

波罗蜜的肉取出，肉质金黄色，味道强烈，就像把蜂蜜浇在起司上，我觉得世界上再也没有一种水果比波罗蜜更甜了。

波罗蜜的种子大如橄榄，用粗海盐爆炒，味道香脆，胜过天津炒栗，这是我们小孩子最喜欢吃的，抓一把藏在口袋里，一整天就很快乐了。

波罗蜜心，像椰子肉一样松软，通常我们都用来煮甜汤，夏夜的时候，坐在院子里喝着热乎乎的甜汤，汗水流得畅快，真是人生一大享受。

曾经在南洋生活过的父亲，吃波罗蜜时，常会提起战时在南洋的艰苦生活，有时候把波罗蜜拿来当饭吃，那时总是嫌波罗蜜长得还不够大，现在则一个都嫌太大，十几个孩子吃不完。

嫌波罗蜜太大，是因为三十几年前还没有冰箱，切开的波罗蜜要当天吃完，否则隔夜就烂掉了。为了把一颗波罗蜜一次吃完，我们也把波罗蜜当饭吃，一直到现在，只要一想到波罗蜜，那强烈的特殊芳香，就立刻在心里涌现出来。

万万没有想到，从前送人都嫌麻烦的波罗蜜，现在竟是台北最昂贵的水果。我和朋友坐在车里，细细品尝那用小盒盛装的冰镇波罗蜜，真有一点世事难料之感。

朋友说:“波罗蜜会这么贵，可能是近年佛教盛行的缘故，‘波罗蜜’是多么好的名字，好像吃了就会开悟呢！”

“波罗蜜”确实是好名字,它原产于印度,李时珍在《本草纲目》中说:“波罗蜜，梵语也，因此果味甘，故借名之。”波罗蜜在佛教的原意是“到彼岸”，拿来称呼一种水果，使人在吃的时候也容易沉入了新的境界，想到那遥远的彼岸是不是金黄色，而且充满着石蜜与醍醐一样的芳香呢?

在我童年的时候，每年波罗蜜成熟就已经立秋了，热带的雨季来临，每日午后，大雷雨像赴约似的，奔跑飘洒在南方的山林。我常靠着窗口，看那雨中的波罗蜜树，看着果实一天天长大，心里就会为土地与天空的力量感动。然后我会想，有一天我一定会穿过波罗蜜的圆叶，翻过背后的山，到一个繁华的地方去。

那繁华，是我的彼岸。

但是，此刻我生活在当时向往的繁华城市，立秋大雨中的小屋、靠在窗口的孩子却成了我现在的彼岸了。

观自在菩萨，行深般若波罗蜜多。

在智慧体验最深的地方，哪里才是此岸?哪里才是彼岸?在此岸与彼岸之间,船的航行是不是也有好的风景?在此岸与彼岸之间，是不是也有休憩之所在呢?

中年以前，我们的整个生命都是为了奔赴自定的“彼岸”而努力，爱情、名利、权位、成功都是岸上的风景；到了中年，所有的美景都化成虚妄的烟尘，俗世的波折成为一场无奈，我们开始为另一个“彼岸”奔忙，解脱、永生、自在、净土，直到我们观见了心中的消息，才恍然一悟，彼岸根本就是永无尽期，波罗蜜多永在终极之乡。

何处有真实的“彼岸”呢？在“此岸”中是否有“彼岸”的消息呢？

波罗蜜到底是最后的解脱，还是只是一个水果？能好好吃一个水果，是不是也能回味到净土上的芬芳？

童年时被迫把波罗蜜当饭吃，是好的，因为“波罗蜜多”；现在波罗蜜如此昂贵，把波罗蜜当珍珠来吃，也是好的，因为“波罗蜜甜”。

波罗蜜本无贵贱、是非、高下，一向就是那个样子的。

我们的心也是如此，童年向往繁华的心与中年渴望隐遁的心是同一个心；少年彷徨时四散奔驰的心与中年静定时返观自在的心是同一颗心。

心的本色是相同的，只是在时光中浮动而已。

波罗蜜的本色也是相同的，但有时暗香浮动，有时照见五蕴皆空。

吃完波罗蜜，我开车绕过天母东路，开往阳明山的小路，沿路相思树与松林迎风招展，像极了我们童年的山林，脑海中突然浮现出这样的句子：

五月松风，人间无价。
满目青山，波罗蜜多。

波罗蜜的香气于是随着松风，环绕了整个山林。

雪梨的滋味

不知道为什么，所有的水果里，我最喜欢的是梨；梨不管在什么时间，总是给我一种凄清的感觉。我住处附近的通化街，有一条卖水果的街，走过去，在水银灯下，梨总是洁白地从摊位中跳脱出来，好像不是属于摊子里的水果。

总是记得我第一次吃水梨的情况。

在乡下长大的孩子，水果四季不缺，可是像水梨和苹果却无缘会面，只在梦里出现。我第一次吃水梨是在一位亲戚家里，亲戚刚从外国回来，带回一箱名贵的水梨，一再强调它是多么不易地横越千山万水来到这里。我抱着水梨就坐在客厅的角落吃了起来，因为觉得是那么珍贵的水果，就一口口细细地咀嚼着，没想到吃不到一半，水梨就变黄了，我站起来，告诉亲戚："这水梨坏了。"

"怎么会呢？"亲戚的孩子惊奇着。

"你看，它全变黄了。"我说。

亲戚虽一再强调，梨削了一定要一口气吃完，否则就会变黄的，但是不管他说什么，我总不肯再吃，虽然水梨的滋味是那么鲜美，我的倔强把大人都弄得很尴尬，最后亲戚笑着说：“这孩子还是第一次吃梨呢！”

后来我才知道，梨的变黄是因为氧化作用，私心里对大人们感到歉意，却也来不及补救了。从此我一看到梨，就想起童年吃梨时令人脸红的往事，也从此特别地喜欢吃梨，好像在为着补偿什么。

在我的家乡，有一个旧俗，就是梨不能分切来吃，因为把梨切开，在乡人的观念里认为这样是要“分离”的象征。我们家有五个孩子，常常望着一两个梨兴叹，兄弟们让来让去，那梨最后总是到了我的手里，妈妈的理由很简单：因为我身体弱，又特别爱吃水梨。

直到家里的经济好转，台湾也自己出产水梨，那时我在外地求学，每到秋天，我开学要到学校去，妈妈一定会在我的行囊里悄悄塞几个水梨，让我在客运车上吃。我虽能体会到妈妈的爱，却不能深知梨的意义。

直到我服兵役在野战部队，行踪不定，回家的日子经常匆匆，有时候夜半返家，清晨就要归营，妈妈也会分外起早，到市场买两个水梨，塞在我野战夹克的口袋里，我坐在疾行的火车上，就把水梨反复地摩挲着，舍不得吃，才知道一个小小的水梨，竟是代表了妈妈多少的爱意和思念，这些情绪在吃水梨时，就像梨汁一样，满溢了出来。

有一年暑假，我为了爱吃梨，跑到梨山去打工，梨山的早晨是清冷的，水梨被一夜的露气冰镇，吃一口，就凉到心底。由于农场主人让我们免费吃梨，和我一起打工的伙伴们，没几天就吃怕了，偏就是我百吃不厌，每天都是吃饱了水梨，才去上工。那一年暑假，是我学生时代最快乐的暑假，梨有时候不只象征分离，它也可以充满温暖。

记得爸爸说过一个故事，他们生在日本人盘踞的时代，他读小学的时候，日本老师常拿出烟台的苹果和天津的雪梨给他们看，说哪一天打倒中国，他们就可以在山东吃大苹果，在天津吃天下第一的雪梨。爸爸对梨的记忆因此有一些伤感，他每吃梨就对我们说一次这个故事，梨在这时很不单纯，它有国仇家恨的滋味。日本人为了吃上好的苹果和梨，竟用武士刀屠杀了数千万中国同胞。

有一次，我和妻子到香港，正是天津雪梨盛产的季节，有很多梨销到香港，香港卖水果的摊子都供应“雪梨汁”，一杯五元港币，在我寄住的旅馆楼下正好有一家卖雪梨汁的水果店，我们每天出门前，就站在人车喧闹的尖沙咀街边喝雪梨汁；雪梨汁的颜色是透明的，温凉如玉，清香不绝如缕，到现在我还无法用文字形容那样的滋味；因为在那透明的汁液里，我们总喝到了似断还未断的乡愁。

天下闻名的天津雪梨，表皮有点青绿，个头很大，用刀子一削，就露出晶莹如白雪的肉来，梨汁便即刻随刀锋起落滴到地上。我想，这样洁白的梨，如果染了血，一定会显得格外殷红，我对妻子说起爸爸小学时代的故事，妻子说：“那些梨树下不知道溅了多少无辜的血呢！”

可惜的只是，那些血早已埋在土里，并没有染在梨上，以至于后世的子孙，有许多已经对那些梨树下横飞的血肉失去了记忆。可叹的是，日本人恐怕还念念不忘天津雪梨的美味吧！

水梨，现在是一种普通的水果，满街都在叫卖，我每回吃梨，就有种种滋味浮上心头；最强烈的滋味是日本人给的，他们曾在梨树下杀过我们的同胞，到现在还对着梨树喧嚷，满街过往的路客，谁想到吃梨有时还会让人伤感呢？

冰糖芋泥

每到冬寒时节，我时常想起幼年时候，坐在老家西厢房里，一家人围着大灶，吃母亲做的冰糖芋泥。事隔二十几年，每回想起，齿颊还会涌起一片甘香。

有时候没事，读书到深夜，我也会学着妈妈的方法，熬一碗冰糖芋泥，温暖犹在，但味道已大不如前了。我想，冰糖芋泥对我，不只是一种食物，而是一种感觉，是冬夜里的暖意。

成长在台湾光复后几年的孩子，对番薯和芋头这两种食物，相信记忆都非常深刻。早年在乡下，白米饭对我们来讲是一种奢想，三餐时，饭锅里的米饭和番薯永远是不成比例的，有时早上喝到一碗未掺番薯的白粥，就会高兴半天。

生活在那种景况中的孩子只有自求多福，但最难为的恐怕是妈妈，因为她时刻都在想如何为那简单贫乏的食物设计一些新的花样，让我们不感到厌倦，并增加我们的生活趣味。我至今最怀念的是母亲费尽心机在食物上所创造的匠心和巧意。

打从我刚学会走路的时候，就经常在午后的空闲里，随着母亲到田中采摘野菜，她能分辨出什么野菜可以食用，且加以最可口的配方。譬如有一道菜叫“乌莘菜”，母亲采下那最嫩的芽，用太白粉烧汤，那又浓又香的汤汁我到今天还不敢稍稍忘记。

即使是番薯的叶子，摘回来后剥皮去丝，不管是火炒还是清煮，都有特别的翠意。

如果遇到雨后，母亲就拿把铲子和竹篮，到竹林中去挖掘那些刚要冒出头来的竹笋，竹林中阴湿的地方常生长着一种可食用的蕈类，是银灰而带点褐色的。母亲称为“鸡肉丝菇”，炒起来的味道真是如同鸡肉丝一样。

就是乡间随意生长的青凤梨，母亲都有办法变出几道不同的菜式。

母亲是那种做菜时常常有灵感的人，可是遇到我们几乎天天都要食用、等于是主食的番薯和芋头则不免头痛。将番薯和芋头加在米饭里蒸煮是很容易的，可是如果天天吃着这样的食物，恐怕脾气再好的孩子都要哭丧着脸。

在我们家，番薯和芋头都是长年不缺的，番薯种在离溪河不远处的沙地，纵在最困苦的年代，也会繁茂地生长，取之不尽，食之不绝，芋头则种在田野沟渠的旁边，果实硕大坚硬，也是四季不缺。

我常看到母亲对着用整布袋装回来的番薯和芋头发愁，然后她开始在发愁中创造，企图用最平凡的食物来做最不平凡的菜肴，让我们整天吃这两种东西却不感到烦腻。

母亲当然把最好的部分留下来掺在饭里，其他的，她则小心翼翼地将之切成薄片，用糖、面粉，和我们自己生产的鸡蛋打成糊状，薄片沾着粉糊下到油锅里炸，到呈金黄色的时刻捞起，然后用一个大的铁罐盛装，就成为我们日常食用的饼干。由于母亲故意宝爱着那些饼干，我们吃的时候是分配的，所以就觉得格外好吃。

即使番薯有那么多，母亲也不准我们随便取用，她常谈起日据时代空袭的一段岁月，说番薯也和米饭一样重要。那时我们家还用烧木柴的大灶，下面是排气孔，烧剩的火灰落到气孔中还有温热，我们最喜欢把小的红心番薯放在孔中让火灰焖熟，剥开来真是香气扑鼻。母亲不许我们这样做，只有得到奖赏的孩子才有那种特权。

记得我每次考了第一名或拿奖状回家时，母亲就特准我在灶下焖两个红心番薯以作为奖励；我从灶里取出焖熟的番薯，心中那种荣耀的感觉，真不亚于在学校的讲台上领奖状，番薯吃起来也就特别有味。我们家是个大家庭，我有十四个堂兄弟，四个堂姐，伯父母都是早年去世，由母亲主理家政，到今天，我们都还记得领到两个红心番薯是一个多么隆重的奖品。

番薯不只用来做饭、做饼、做奖品，还能与东坡肉同卤，还能清蒸，母亲总是每隔几日就变一种花样。夏夜里，我们做完功课，最期待的点心是，母亲把番薯切成一寸见方，和凤梨一起煮成的甜汤，酸甜兼具，颇可以象征我们当日的生活。

芋头的地位似乎不像番薯那么重要，但是母亲的一道芋梗做成的菜肴，几乎无以形容。有一回我在台北天津卫吃到一道红烧茄子，险些落下泪来，因为这道北方的菜肴，它的味道竟和二十几年前南方贫苦的乡下，母亲做的芋梗极其相似。本来挖了芋头，梗和叶都要丢弃的，母亲却不舍，于是芋梗做了盘中餐，芋叶则用来给我们上学做饭包。

芋头孤傲的脾气和它流露的强烈气味是一样的，它充满了敏感，几乎和别的食物无法相容。削芋头的时候要戴手套，因为它会让皮肤麻痒，它的这种坏脾气使它不能取代番薯，永远是个二副，当不了船长。

我们在过年过节时，能吃到丰盛的晚餐，其中不可少的一样是芋头排骨汤，我想全天下没有比芋头和排骨更好的配合了，唯一能相提并论的是莲藕排骨，但一浓一淡，风味各殊，人在贫苦的时候，大多是更喜爱浓烈的味道。母亲在红烧鲢鱼头时，炖烂的芋头和鱼头相得益彰，恐怕也是天下无双。

最不能忘记的是我们在冬夜里吃冰糖芋泥的经验。母亲把煮熟的芋头捣烂，和着冰糖同熬，熬成几近晶蓝的颜色，放在大灶上。就等着我们做完功课，经检查过以后，可以自己到灶上舀一碗热腾腾的芋泥，围在灶边吃。每当知道母亲做了冰糖芋泥，我们一回家便赶着做功课，期待着灶上的一碗点心。

冰糖芋泥只能慢慢地品尝，就是在最冷的冬夜，它也每一口都是滚烫的。我们一大群兄弟姊妹站立着围在灶边，细细享受母亲精制的芋泥，嬉嬉闹闹，吃完后才满足地回房就寝。

二十几年时光的流转，兄弟姐妹都因成长而星散了，连老家都因盖了新屋而消失无踪，有时候想在大灶边吃一碗冰糖芋泥都已成了奢想。天天吃白米饭，使我想起那段用番薯和芋头堆积起来的成长岁月，想吃去年腌制的萝卜干吗？想吃雨后的油焖笋尖吗？想吃灰烬里的红心番薯吗？想吃冬夜里的冰糖芋泥吗？有时想得不得了，心中徒增一片惆怅，即使真能再制，即使母亲还同样的刻苦，味道总是不如从前了。

我成长的环境是艰困的，因为有母亲的爱，那艰困竟都化成甜美，母亲的爱就表达在那些看起来微不足道的食物里面；一碗冰糖芋泥其实没有什么，但即使看不到芋头，吃在口中，可以简单地分辨出那不是别的东西，而是一种无私的爱，无私的爱在困苦中是最坚强的。它纵然研磨成泥，但每一口都是滚烫的，是甜美的，在我们最初的血管里奔流。

在寒流来袭的台北灯下，我时常想到，如果幼年时代没有吃过母亲的冰糖芋泥，那么我的童年记忆就完全失色了。

我如今能保持乡下孩子恬淡的本性，常能在面对一袋袋知识的番薯和芋头时，知所取舍变化，创造出最好的样式，在烦闷发愁时不失去向前的信心，我确信其与我童年的生活有着密切的关系。因为母亲的影子在我心里最深刻的角落，永远推动着我。

木鱼馄饨

深夜到临沂街去访友，偶然在巷子里遇见多年前旧识的卖馄饨的老人，他开朗依旧，风趣依旧，虽然抵不过岁月风霜而有一点佝偻了。

四年多以前，我客居在临沂街，夜里时常工作到很晚，每天凌晨一点半左右，一阵清越的木鱼声总是响进我临街的窗口。那木鱼的声音非常准时，天天都在凌晨的时间敲响，即使在风雨来时也不间断。

刚开始的时候，木鱼声带给我一种神秘的感觉，往往令我停止工作，出神地望着窗外的长空，心里不断地想着：这深夜的木鱼声，到底是谁敲起的？它又象征了什么意义？难道有人每天凌晨一时在我住处附近念经吗？

在民间，过去曾有敲木鱼为人报晓的僧侣。每日黎明将晓，他们就穿着袈裟草鞋，在街巷里穿梭，手里端着木鱼滴滴笃笃地敲出低沉而雄长的声音，一来叫人省睡，珍惜光阴；二来叫人在心神最为清明的五更起来读经念佛，以求精神的净化；三来僧侣借木鱼报晓来布施化缘，得些斋衬钱。我一直觉得这种敲木鱼报佛音的事情，是中国佛教与民间生活相契的一种极好的佐证。

但是，我对于这种失传于阎巷很久的传统，却出现在台北的临沂街感到迷惑。因而每当夜里在小楼上听到木鱼敲响，我都按捺不住去一探究竟的冲动。

冬季里有一天，天空中落着无力地飘闪的小雨，我正读着一册印刷极为精美的《金刚经》，读到最后“一切有为法，如梦幻泡影，如露亦如电，应作如是观”一段，木鱼声恰好从远处的巷口传来，格外使人觉得昊天无极，我披衣坐起，撑着一把伞，决心去找木鱼声音的来处。

那木鱼敲得十分沉重着力，从满天的雨丝里穿扬开来，它敲敲停停，忽远忽近，完全不像是寺庙里读经时急落的木鱼。我追踪着声音的轨迹，匆匆穿过巷子，远远地，看到一个披着宽大布衣、戴着毡帽的小老头子，他推着一辆老旧的摊车，正摇摇摆摆地从巷子那一头走来。摊车上挂着一盏四十烛光的灯泡，随着道路的颠簸，在微雨的暗道里飘摇。一直迷惑我的木鱼声，就是那位老头敲出来的。

一走近，才知道那只不过是一个寻常卖馄饨的摊子，我问老人为什么选择了木鱼的敲奏，他的回答竟是十分简单，他说:“喜欢吃我的馄饨的老顾客，一听到我的木鱼声，他们就会跑出来买馄饨了。”我不禁哑然,原来木鱼在他,就像乡下卖豆花的人摇动的铃铛，或者是卖冰水的小贩手中吸引小孩的喇叭，只是一种再简单不过的信号。

是我自己把木鱼联想得太远了，其实它有时候仅仅是一种劳苦生活的工具。

老人也看出了我的失望，他说：“先生，你吃一碗我的馄饨吧，完全是用精肉做成的，不加一点葱菜，连大饭店的厨师都爱吃我的馄饨呢。”我于是丢弃了自己对木鱼的魔障，撑着伞，站立在一座红门前，就着老人摊子上的小灯，吃了一碗馄饨。在风雨中，我品出了老人的馄饨确是人间的美味，不下于他手中敲的木鱼。

后来，我也慢慢成为老人忠实的顾客，每天工作到凌晨的段落，远远听到他的木鱼声，就在巷口里候他，吃完一碗馄饨，才开始继续我一天未完的工作。

和老人熟了以后，才知道他选择木鱼作为馄饨的讯号有他独特的匠心。他说因为他的生意在深夜，实在想不出一种可以让远近都听闻而不至于吵醒熟睡人们的工具，而且深夜里像卖粽子的人大声叫嚷，是他觉得有失尊严而有所不为的，最后他选择了木鱼——让清醒者可以听到他的叫唤，却不至于中断了熟睡者的美梦。

木鱼总是木鱼，不管从什么角度来看它，它仍旧有它的可爱处，即使用在一个馄饨摊子上。

我吃老人的馄饨吃了一年多，直到后来迁居，才失去联系，但每当在静夜里工作，我仍时常怀念着他和他的馄饨。

老人是我们社会角落里一个平凡的人，他在临沂街一带卖了三十年馄饨，已经成为那一带夜生活里尽人皆知的人。他固然对自己亲手烹调后小心翼翼地装在铁盒里的馄饨很有信心，他用木鱼声传递的馄饨也成为那一带的金字招牌。木鱼在他，在吃馄饨的人来说，都是生活里的一部分。

那一天遇到老人，他还是一袭布衣，还是敲着那个敲了三十年的木鱼，可是老人已经完全忘记我了，我想，岁月在他只是云淡风轻的一串声音吧。我站在巷口，看他缓缓推着小小的摊子消失在巷子的转角，一直到很远了，我还可以听见木鱼声从黑夜的空中穿过，温暖着迟睡者的心灵。

木鱼在馄饨摊子里真是美，充满了生活的美，我离开的时候这样想着，有时读不读经都是无关紧要的事。

墨与金

带孩子去看一个绘画联展，看到一幅只画了几笔的水墨画，孩子不解地问我:“这画只画了几笔怎么标价十万，旁边那一幅画得又大、又满、彩色又多,为什么只标价五万呢？”一时使我怔在当地。我说:“那是因为画这幅画的人比较有名，当然画就比较贵了。”“有名的人也不能这样画两三笔就交差了事呀！”孩子天真地说。

我不知道要怎么样才能对孩子说,什么是“工笔画”、什么是“写意画”，或者如果要谈画价订定的标准，也是说不清的。只好说:“画的价钱是由画家自己制定的，他认为自己的画值十万，就是十万了。就像我们买一包面纸，有的卖五元、有的卖十元。”孩子点头称是。

走出展览会场的时候，我想起从前读中国美术史，读到两个不同的派别，一个是以李思训为代表的“金碧山水”，一个是以与李思训同时代的王维为代表的“破墨山水”。

金碧山水崇尚华丽辉煌，笔格艳雅、金碧辉映，有富贵气象，作品极尽工整细润缜密富丽之能事，常常全幅着色，密不透风，有时还要用金粉银粉做颜料，到处布满泥金，所以后代的人把这一派的画风称为“挥金如土”，也叫作“北宗山水”。

破墨山水则充满了抒情的田园情调，也糅合了恬淡的诗意，被称为“南宗山水”。这一派的山水到五代的李成更为突出，他被誉为“扫千里于咫尺，写万趣于指下”，“峰峦林屋皆以淡墨为之，而水天空处全用粉填”，他的笔墨清淡，成名甚早，有许多王公贵族向他求画，他说：“吾，儒者！粗知去就，性爱山水，弄笔自适耳，岂能奔走豪士之门与工技同处哉！”他这种爱惜笔墨的态度，被称为“惜墨如金”。

经过千年，我们回来看“墨”和“金”的关联，使我们知道，“挥金如土”和“惜墨如金”并没有高下之别，只要一幅画作得好，金碧也好，破墨也好，都有很高的价值。

我想到有一次，应朋友楚戈的安排，到台北故宫仓库去看历代馆藏的佛经，这些佛经有的用墨书写，有的研黄金为泥书写，一般人听到是黄金为泥书写，甚至有用金丝刺绣的，都会觉得价值极高，但楚戈另有卓见，他说：“只要是名家笔墨，写得好，比黄金还贵重呀！”

确是如此，若以生命的绘图来看，一个人用生活的笔蘸墨汁来写生命的篇章，或是用黄金做泥来描绘生命的图像，用的材料固然不同，但只要写得好，就有高超的价值。在这个世界上，大部分人没有机会画出金碧山水，但是如果破墨泼得好，一样能绘出一幅好画。

不管人拥有多少东西，回归到基本的生活都是相近的，只是吃好、穿暖、居安、行健的琐事。记得今年被美国经济杂志评选为全世界首富的日本森建设公司董事长森泰吉郎吗？他拥有东京黄金地段的八十二幢大楼，资产现值日币两兆一千亿元，写成阿拉伯数字共有十三位数，是我们难以想象的财富。

但是，这世界第一大富翁，每星期上班三天，每天自带便当在办公室进食，认为“对不必要的东西花钱就是奢侈”。他已经八十七岁还卖力工作，不知老之将至。

记者访问他：目前最想要的东西是什么？

他诚实地说：是“时间”。

日本的经营之神松下幸之助，有一次应邀到东京大学演讲，开场白是：“大家都想追求财富，但是现在我愿意用我所有的财富，和各位其中任何一位，来换取青春。”

对于有上兆金银的人，财富只是墨一样的东西，时间才是真正的黄金。

因此，“墨”与“金”是相对的，就好像生命历程所遭遇的祸福也是相对的，欢乐与苦痛是相对的，烦恼与智慧是相对的，贫与富也是相对的，善处相对之理的人，即使淡墨也能贵如黄金，不能善知相对之理的人，则黄金也如粪土。

贫富的相对，在佛经上说：“知足者贫而富，不知足者富而贫。”

苦乐的相对，《贞观政要》里说："乐不可极，极乐成哀；欲不可纵，纵欲成灾。"祸福的相对，老子说："祸兮福之所倚，福兮祸之所伏。"淮南子说："福之为祸，祸之为福，化不可极。"

时运的相对，《警世通言》说："运去黄金失色，时来铁也生光。"

青春与黄金的相对，苏东坡的诗里说："黄金可成河可塞，只有霜鬓无由玄。"

烦恼与智慧的相对，佛经里说："烦恼即菩提。"甚且以莲花做譬喻说："高原陆地不生莲华，卑湿淤泥乃生此华。……当知一切烦恼为如来种，譬如不下巨海，不能得无价宝珠；如是不入烦恼大海，则不能得一切智宝。"

在人生的这一幅画图里，善绘的人，笔笔都是黄金，不会画的人，即使以金泥为墨，也不能作出好画。

或者是巧合吧！"挥金如土"的金碧山水叫"北宗"，与神秀禅师渐悟修行的风格一样，也叫"北宗"；"惜墨如金"的破墨山水叫"南宗"，与六祖慧能的顿悟主张一样，也叫"南宗"。不管南宗北宗，能契机随缘，都能使人在生命中有所开悟；不能契机随缘，再好的宗法也免不了错身而过，失之交臂。

在我的书桌上，写了四句座右铭：

痛苦是解脱的开始

悲哀是慈悲的开端
烦恼是智慧的泉源
无聊是伟大的起步

在痛苦、悲哀、烦恼、无聊的困局之中，我们突然有所转化、超越与领悟，就在那一刻，人生变得破墨淋漓；就在那一刻，笔落惊风雨，一笔定江山，整个人生就金碧而辉煌了；也就在那一刻，繁华落尽见真淳，春城无处不飞花了。

那“一朵忽先发，百花皆后香”的一刻呀！使我想起杜甫的《春夜喜雨》诗：

好雨知时节，当春乃发生。
随风潜入夜，润物细无声。

好香的臭豆腐

路过一家小店，看到店招上写了几个大字：“好香的臭豆腐，好烂的大肚面线。”好像对联一样，上面还有一个横批，写着：“欢迎品尝。”

我站在那个招牌前面凝视了很久，虽然我不喜欢吃臭豆腐和大肚面线，仍然为这个别出心裁的招牌而感欢。

臭豆腐顾名思义，当然是臭的，而且愈臭愈好，然而奇特的是，臭豆腐的臭只是一种认定，嗜食其味的人，会把“臭”当作“香”，因而臭豆腐即是香豆腐。在某种情况下，臭豆腐与鸡屁股似乎是同类的东西，有时候路过街头，看人买鸡屁股，五个一串、十个一串，也会感到大惑不解，屁股原是拉杂之所，嗜食的人却觉得其香无比，否则怎么能一次五粒、十粒地吃呢？

延伸其义，我们对于那些味道奇特的事物也可说是：“好香的榴莲”“好香的起士”“好甜的苦茶”“好清的苦瓜”“好香的辣椒”“好吃的鹿尿”（鹿尿是一种台湾食品，即腌渍蒜头，日据时代腌于鹿尿或马尿中而得名）。

“好烂的大肚面线”也是如此。烂！本来是个不好的字眼，在《吕氏春秋》里是“过熟”的意思；《淮南子》里说是“腐败”的意思；《左传》里说是“火伤”的意思。但是灿烂、烂漫、绚烂，也是同一个“烂”，甚至象征光明之极致，说是“异色分纵横，奇光兮烂烂”。用在大肚面线也是恰当不过的，想来大肚面线如果不烂，一定是不好吃的。

我对大肚面线没有什么印象，对臭豆腐则是印象深刻的，因为从前居住在木栅的时候，巷口就有一摊卖臭豆腐的小贩，也是“好香的臭豆腐”之流。由于巷口是唯一的通道，因此几乎是“无所遁逃于天地之间”，每日只好掩鼻而过。并且在路过时看到食客众多，乐享美味的时候，感到大惑不解。

我大概是天生比较中庸的那种人，对于生命中极端的事物向来没有尝试的勇气，臭豆腐即其一端，所以天天路过有两年之久，竟从未坐下来吃一块臭豆腐。

后来在杂志上读到臭豆腐的做法，是把硬豆腐泡在腐鱼腐肉和烂了的高丽菜叶中发酵做成的（当然还有别的做法，不过只有这种方法才是正统的遵古法制）。再加上油炸臭豆腐的油要和臭豆腐匹配，常常是炸几个月不换油，卫生堪虑。这两点光是想起来就恐怖至极，从此更没有勇气吃臭豆腐了。

我第一次在台北吃臭豆腐，是和新象活动中心的负责人许博允一起，许博允是个天真烂漫的人，他对食物和对音乐都极有冒险犯难的精神。有一次他约我到东门临沂街上的“小白屋”吃夜宵，他叫了一盘“清蒸臭豆腐”，端来的时候我大吃一惊，因为那清蒸的臭豆腐饱满得像白玉一样，米色中透着一层淡淡的绿，上面撒了香菜末，看了令人食欲大动。但我想到腐鱼腐肉的制造方法，还是不敢吃，许博允当场把老板拉来，解释他们做的臭豆腐绝对干净安全，并拍胸脯保证，我才举箸吃了一些，唉唉！真是滋味不凡，风味难以形容。

从此竟然上瘾，那时我住在临沂街，离小白屋餐厅散步只要五分钟，几乎平均一星期吃两三次清蒸臭豆腐，才稍稍理解在街上吃臭豆腐者的心情。

这世界的香臭美丑并没有一定的道理呀！天下之至臭不是臭豆腐，在《吕氏春秋·遇合》里说："人有大臭者，其亲戚兄弟妻妾，知识无能与居者，自苦而居海上，海上人有说其臭者，昼夜随之而弗能去。""说"即是"说"，有的人臭到亲戚朋友都不能忍受，只好自己住在海上，偏偏海上有人喜欢他的臭味，白天夜晚都追随他而离不开。曹植因而感慨地说："兰茝荪蕙之芳，众人之所好，而海畔有逐臭之夫！"

从"好香的臭豆腐"里，我们可以思考到生命一个严肃的课题，就是我们不应以僵化固定的眼睛或思维来观世界，而要有更广大的包容、更多元的心，来容忍世界的异见，那是因为兰花虽香，是众人所爱，但海边也有逐臭的人呀！

莲子面包与油焖香菇

住家附近的一家面包店，自行研制一种莲子面包，把莲子磨成泥状调在土司面包里，每天下午四点出炉的时候都是大排长龙，大家都等着吃那新鲜的温热的莲子面包。

有一天下午我经过面包店，看到那么多人在毫不起眼的小店前排队买面包，感到十分意外，询问排队的人："是排队等着买什么呢？"

"买快要出炉的莲子面包呀！"一位中年妇人告诉我，然后她还形容了莲子面包的美味，说新鲜莲子的滋味是多么清香，"又缠又绵"，她每天四点的时候都会来这里买。

莲子面包虽然没有广告，显然是极有口碑的。对于一向不信任广告而信任口碑的我，产生了很大的吸引力。我于是加入人龙里，耐心地等候莲子面包出炉。

一下子，戴着白帽的面包店老板兼师傅把铁盘子端出来了。果然，屋里就飘出浓浓的莲子香味——在我的印象中，莲子是没有香味的，不知道为什么和了面包，就让我感觉那不只是面包的香味。

我买了半条莲子面包，边散步边迫不及待地把面包拿出来吃，细细地品味面包中莲子的滋味。莲子面包确有非凡之处，细滑含着水分的莲子使我想起从前在嘉义看人收成莲子的情景，白净、浑圆的莲子，有一种倾向于圆满的感觉。

我想到可颂坊的榛子面包，圣玛丽的核桃面包，以及台安医院餐厅里加了麦芽的全麦面包，好吃的可能不只是面包本身，而是面包师傅的创造的心情，以及随着那心情衍生出来的感觉，使我们品味到某一些生活的芬芳。在寂寥的午后，知道某一家小面包店有一位师傅冒汗来完成、实践一种创造的心，这给我们带来了温柔的安慰。

生命，真的不能缺乏游戏；生活，则不能失去创造力。创造力随时都在，而且每个人都具有，只要在形式的、固定的、保守的那一个层面，念头一转，做一点提升与超越，创造力就可能得到实践了。面包师傅在做莲子面包时，正是一种提升和超越呀！

在家附近还有一家素食的自助餐厅，老板娘也是个有创造力的人。她的菜色时常更换，有一次竟然做出了一道极美味的清炒凤梨。里面什么都没加，只是用油把凤梨炒到柔软适口，使酸甜的凤梨有了新生一样。

我问她为什么会想到清炒凤梨的。

她的回答令我大出意料。她说因为台风的缘故，青菜的价钱暴涨，一斤菠菜要八十元，一个高丽菜要一百多元，拿来做自助餐实在成本太高了。突然看到小贩叫卖凤梨，一个大凤梨才十五元，想到："做个炒凤梨应该也不错吧！"当天中午她就做了一道清炒凤梨，没想到反应出奇的好。隔几天，她看人卖苹果，十个一百元，那时萝卜一条四十几元，于是，她做出了一道"清炒凤梨苹果"，滋味比清炒凤梨更好。

她还有一道绝活，就是做油焖香菇，那是在市场上看见小贩卖香菇，那些又小又丑的香菇虽然价钱便宜，还是卖不出去，她灵机一动，就买了一袋回来，泡软、洗净，用油、酱油、小火焖，一直到将干未干之时起锅。那些小香菇的美味，我是无法形容的，在人间里，也只有慧心才能创造出这样的滋味。

可见，有创造力的心灵，不管扮演什么角色，处在什么环境，都可以无遗地展现出来。可惜，由于房屋的租约到期，老板娘已经不做素食餐厅。我每次路过那个房子，就会想起她那超绝的手艺和心灵，觉得她不做自助餐，实在是人间的损失。

创造力是无所不在的，而且愈用愈出，愈用愈清明，就仿如山林中的泉水一样，凡是真实饮用过创造之泉的人，人世的苦难就好像山中溪泉边的乱石，再多的乱石也不能阻挡泉水的奔流与清澈了。

○ 陆

走向生命的大美

海边的白蝴蝶

我和两个朋友一起去海边拍照、写生。朋友中一位是摄影家，一位是画家，他们同时为海边的荒村、废船、枯枝的美惊叹而感动了，白净绵长的沙滩反而被忽视。我看到他们拿出相机和素描簿，坐在废船头工作，那样深情而专注，我想到，通常我们都为有生机的事物感到美好，眼前的事物生机早已断丧，为什么还会觉得美呢？恐怕我们感受到的是时间以及无常、孤寂的美吧！

然后，我得到一个结论：一个人如果愿意时常葆有寻觅美好感觉的心，那么在事物的变迁之中，不论是生机盎然或枯落沉寂都可以看见美，那美的原不在事物，而在心灵、感觉，乃至眼睛。

正在思维的时候，摄影家惊呼起来："呀！蝴蝶！一群白蝴蝶。"他一边叫着，一边立刻跳起来，往海岸奔去。

往他奔跑的方向看去，果然有七八只白影在沙滩上追逐，这也使我感到讶异，海边哪来的蝴蝶呢？既没有植物，也没有花，风势又如此狂乱。但那些白蝴蝶上下翻转地飞舞，确实是非常美的，怪不得摄影家跑那么快，如果能拍到一张白蝴蝶在海浪上飞的照片，就不枉此行了。

我看到摄影家站在白蝴蝶边凝视，并未举起相机，他扑上去抓住其中的一只，那些画面仿佛是默片里无声、慢动作的剪影。

接着，摄影家用慢动作走回来了，海边的白蝴蝶还在他的后面飞。

“拍到了没？”我问他。

他颓然地张开右手，是他刚刚抓到的蝴蝶。我们三人同时大笑起来，原来他抓到的不是白蝴蝶，而是一片白色的纸片。纸片原是沙滩上的垃圾，被海风吹舞，远远看，就像一群白蝴蝶在海面飞。

真相往往是这样无情的。

我对摄影家说:“你如果不跑过去看，到现在我们都还以为是白蝴蝶呢！”

确实，在视觉上，垃圾纸片与白蝴蝶是一模一样、无法分别的，我们的美的感应，与其说来自视觉，还不如说来自想象，当我们看到“白蝴蝶在海上飞”和“垃圾纸在海上飞”，不论画面或视觉都是等同的，差异的是我们的想象。

这更使我想到感官的觉受原是非实的，我们许多时候是受着感官的蒙骗。

其实在生活里，把纸片看成白蝴蝶也是常有的事呀！

结婚前，女朋友都是白蝴蝶，结婚后，发现不过是一张纸片。

好朋友原来都是白蝴蝶，在断交反目时，才看清是纸片。

未写完的诗、没有结局的恋情、被惊醒的梦、在对山看不清楚的庄园、缘尽情未了的故事，都是在生命大海边飞舞的白蝴蝶，不一定要快步跑去看清。只要表达了，有结局了，不再流动思慕了，那时便立刻停格，成为纸片。

我回到家里，坐在书房远望着北海的方向，想想，就在今天的午后，我还坐在北海的海岸吹海风，看到白色的蝴蝶——喔，不！白色的纸片——随风飞舞，现在，这些好像真实经验过的，都随风成为幻影。或者，会在某一个梦里飞来，或者，在某一个海边，在某一世，也会有蝴蝶的感觉。

唉唉！一只真的白蝴蝶，现在就在我种的一盆紫茉莉上吸花蜜哩！你信不信？

你信！恭喜你，你是有美感的人，在人生的大海边，你会时常看见白蝴蝶飞进飞出。

你不信？也恭喜你，你是重实际的人，在人生的大海边，你会时常快步疾行，去找到纸片与蝴蝶的真相。

在陷阱中继续前进

以前，对于许多人沉迷于电动玩具不能理解，每天对着一个荧光屏打个不停，有什么意思呢？

到自己的孩子长大了，每天吵着要买一台电动玩具游乐器，如果不买，那么可能他会把所有的零用钱拿到外面去打，外面的电玩店龙蛇混杂、乌烟瘴气，反而不放心，只好答应过了年，买一台电动游乐器。

带孩子到电动玩具的专卖店时，我吃惊极了，因为有三家专卖店毗邻，设备之新颖，使我好像刘姥姥进了大观园。

光电动游乐器就有数十种，最便宜的任天堂定价一千多元，最新的超级任天堂要价五千元，还有的机器卖到一万多元。每种机种都有一些周边设备，如果是买最好的电动游乐器、且一切周边设备都齐全的话，加起来要两万多元。

电玩的卡带更不得了，种类有数千种之多。电动玩具专卖店的老板说，一个卡带如果流行全世界，可能为设计的公司带来数亿美元的收入，像过去的“玛利兄弟”，现在的“快打旋风”，都是收益惊人的卡带。

在重商主义的鼓励下，几乎没有什么不能入卡带的，像《三国志》《战国时代》《西游记》都有风行的卡带，像所有的卡通人物都上了卡带，“忍者龟”“超人”“蝙蝠侠”“太空飞鼠”;甚至也有“成龙”“迈克尔·杰克逊”“麦当娜”……从这些卡带的设计，我们可以发现卡带不只是一个世界性的庞大事业，里面也有着极现代的、有创造力的心灵。

最后，我帮孩子买了一个基本型的电动游乐器，也买了几个卡带。孩子说:“我终于成为班上最后一个拥有电动玩具的人。”

有了电动游乐器，对生活真的产生一些问题，孩子变得喜欢待在家里,不只是实际上打电动玩具,甚至去买了许多“进阶秘诀”的书。

我对孩子说:“打电动玩具最有趣的就是亲自去冒险，你看了这些秘诀，不就没什么意思了吗？”

孩子说:“如果完全靠自己去打，会花许多时间掉在陷阱里，出不来，这些秘诀都是过来人写的，我们就可以知道怎么来面对陷阱，还有怎么样面对魔王。”

“那么，如果太简单，又何必打电动呢？”

“爸爸，你不知道这还是不简单的，你即使知道一些度过陷阱的方法，仍然要试很久才会过关呀！”

果然，看起来对孩子很简单的陷阱，我打起来却非常艰难，即使知道陷阱在哪里、魔王的弱点何在，也难以过关。

孩子看到我那么笨拙，哈哈大笑说：“你现在知道电动玩具很有学问了吧！”

偶尔与孩子打电动玩具，使我得到一些启示。第一个启示是，电动玩具所以风行，是在激发我们的比较心，使我们永远想打败电脑，想打破自己的纪录。比较心所带来的胜负心，使我们打电动玩具的时候很难毅然中止，可见人的比较心是生命里重要的盲点，其实我们对着机器，胜了又如何？败了又如何？但人往往为这个盲点所迷惑，以致不能解脱。

第二个启示是，所有的陷阱、压力甚至魔王都有解决的方法，只要能在陷阱中继续前进，不被魔王所阻，终能突破一切难关。

第三个启示是，我们为那些充满创造力，配合了画面、音乐、影像、情节的电动玩具而惊叹的时候，应该想一想如何来开发自己的创造力。

我既不赞成孩子玩电动玩具，但也不反对，电动玩具原是中性的，并不会必然地伤害孩子，也不一定能启发孩子。看到孩子过关斩将时那种奋力的表情，总使我感动，如果我们在实际的人生中，有打电动玩具那样的专注、那样的奋力、那样的无畏，就能在陷阱中继续前进，那该有多好！

比景泰蓝更蓝

近几年，我年年都到花莲去，有时一年去好几趟，通常是坐飞机，偶尔坐火车，竟有十二年时间没有走过苏花公路了。

前些日子，应朋友之邀到花莲去，搭车走苏花公路。车子沿着高耸的崖岸前行，时而开阔无比，时而险峻异常，时而绿树如缎，时而白云似练。我心里生起一种感动，仿佛太平洋的波涛，一波一波从海边泛起来。

难道苏花公路比我从前来的时候更美了吗？我心里觉得疑惑。

学生时代，我也几乎每年到苏花公路去。当时一方面是热爱东部雄峻高昂的山水，一方面则是热心于社会服务，常随着学校的社会服务团到南澳、东澳的山地部落去做服务工作，每次都走苏花公路。二十年前的苏花公路比现在狭小，许多地方是单线通车，因此走走停停，觉得路途特别迢遥。那个时候没有冷气车，山风狂乱、尘土飞扬，车内燥热、百味杂陈，当地居民时常提着鸡鸭上车，每回到了目的地都是灰头土脸的。

有一次，独自在苏花公路一带自助旅行，每到一站就住两三天。

二十年前的旅游业不发达，几乎找不到像样的饭店，连普通的旅舍也难找，只有一种用木板铺成的“通铺”，专供到深山采药、采兰花，或走江湖卖艺唱戏的人居住。我就住在那些地方，每天十元。夜里，飞蛾、蟋蟀在屋内飞动，壁虎、蟑螂横行于壁间，墙壁上全是蚊虫、跳蚤、虱子被打死留下的血迹。

一夜，我到了南澳，已经夜深，投宿于这种平民客栈，睡前找不到漱洗的地方。老板娘说：“呀！后面有个池塘，我们的客人都在那里洗澡！”我走到屋后，果然有个池塘，在树林之间，星月映照在池水上。我满心欢喜地在池边刷牙、洗澡，觉得池水清凉甘美，又喝了几口，才回通铺睡觉。

第二天黎明醒来，再走到池边，大吃一惊，原来池水是乌黑的，池上漂满腐叶，甚至还有虫、蝶、金龟子的尸体。这使我感觉到，人的感受是不实的，昨夜那种美的印象完全破灭了。

旅行的环境是如此简陋，但每天一走到屋外，进入溪谷、林间、海滨，我就知道一切是多么值得，只要能走入那么美的风景中，就是睡在地上也是甘之如饴的。

溪清、林茂、海蓝、云白，满山的野百合和月桃花，有时光是坐着放松，就会感动得心潮起伏。这美丽之岛，这无可取代的土地呀！

二十年前，车稀路窄，一到夜晚，苏花公路就沉寂了，独自在大街上散步，觉得身心了无挂碍，胸怀澄澈如水。一直到现在，我都还深深地记得远处的涛声，以及在山路间流动的夜来香的气味。

关于苏花公路的记忆是我少年时代最美的记忆，噶玛兰的橄榄树、泰雅族的聚落、蓝腹鹇的歌声、南寺的晨钟暮鼓，光是想着就要微酣了。

那个时候所强烈感受到的美，未曾经过岁月的沉淀，没有感情的蒸馏，未经流水的冲刷，依然是粗糙的。这一次坐在冷气车中，细细回想从前所走过的路，窗外无声，云飞影移，觉得眼前的景色更美，在美中有一种清明，是穿过了爱恨，提升了热情所得到的清明。

原来，所有美的感受都要穿过心灵，愈陈愈香、愈久愈醇，就好像海岸和溪边的卵石，一切杂质都已流去，只剩下最坚实、纯净、浑圆的石心。

我对朋友说："住在台湾的人，如果每隔一段时间就走一趟苏花公路，人生也就无憾了。"确实，我们走遍世界，才会发现最美的人间景致就在我们身边！

几个晚上，我都住在亚士都饭店。亚士都算是花莲的老饭店了，简朴有风味，还像以前一样，我站在阳台面海的方向，可以看见明亮的天星，偶有流动的萤火虫，空气里青草伴着海风，带着槟榔花那极浓郁特殊的香味。我独自沿着海滨公园散步，秋季海上的风起了，一阵强过一阵，椰子树也摇出抽象的舞姿。东部的天空即使是夜晚，也如景泰蓝那样深蓝，白云依稀可辨，风一起，云好像听见了起跑的枪声，全往更深的山谷奔驰而去。

如果有点音乐就更好了，我想着。

海像是听见我的念头，开始更用力地演奏着涛声，一遍一遍，永不歇止。人与海涛在寂寞中相遇，便是最好的音乐。

少年的歌声也随海涛汹涌着，我想起，我曾在东澳的山路上采了一束月桃花，送给一位美丽的少女，月桃花依旧盛放，少女的神采则早已在云端上了。

如果，如果，再下点微雨，就更好了！

鸟声的再版

有时候带着一部录音机可以做很多事。清晨，我们可以在临近海边的树林录音，最好是太阳刚刚要升起的瞬间，林间的虫鸟都在准备醒来，林间充满了不同的叫声，吱吱喳喳窸窸窣窣。而太阳升起的那一刻，不仅风景被唤醒，鸟与虫也都唱出了欢声，这早晨在海滨录下的鸟声，真像一个大型的交响乐团，它们正演奏着雄伟而期待着光明的序曲。

午后最好去哪里录音呢？我们选择靠近溪畔的森茂林间，那是夏天蝉声最盛的时候。蝉声在森林里就像一次庞大的歌唱比赛，每一只蝉都把声音唱得最响，偶尔会听见，一只特别会唱的蝉把声音拔到天空，以为是没有路了，它转了一圈，再拔高上去。蝉声和夏天的温度一样，充满了热力。

黄昏时分，我们到海边去录音，海的节奏是轻缓的，以一种广大的包围推送过来，又以一种温和的宽容往后退去，有时候会传来海鸥觅食的叫声，这时最像室内乐了，变化不是太大，但别有细致美丽的风格。

夜晚的时候就要到湖畔的田野去了，晚上的虫声与蛙鸣一向最热闹，尤其在繁星照耀的夜晚，每一个星光的范围，都有欢愉的声音。划分起来，一半是虫或蟋蟀，一半是蛙与蛤蟆，可以说是双重奏。在生活上，它们是互相吞吃或逃避的，发出声音，反而有一种冲突的美感。

如果不喜欢交响乐、合唱团、室内乐、双重奏，偏爱独奏的话，何不选择有风的时候到竹林里去？在竹林里录下的风声，使我们知道为什么许多乐器用竹子做材料，风穿过竹林本身就是一种繁复而丰满的音乐。

在旅行、采访的途中，我随身都会带着录音机，主要的录音对象当然是人了，但也常常录下一些自然的声音，鸟的歌唱、虫的低语、海的潮声、风的呼号……这些自然的声音在录音机里显出它特别的美丽，它是那样自由，却又有结构的秩序；它是那样无为，却又充满活力；它是那样单纯，却有着细腻的变化。每一次听的时候，我仿佛又回到自然的现场，坐在林间、山中、海滨、湖畔，随着声音，风景整个呈现了，甚至使我清楚地回忆那一次旅程停留的驿站，以及遇见的朋友，当然，也有一些温暖或清冷的回忆。

常常，我把清晨的鸟声放入录音机，调好自动跳接的时间，然后安然睡去，第二天我就会在繁鸟的欢呼中醒来，感觉就像睡在一座高而清凉的林间。蝉声也是如此，在录音机的蝉声中睡醒，使我想起童年时代的午睡，睡在系着树的吊床上，一醒来，蝉声总是扑进耳际。

这些声音的再版，还能随着我们的心情调大调小，在我们心情愉悦时听起来就像大自然为我们欢唱，在我们忧伤之际，听起来仿佛也有悲哀的调子。其实，它们广大而恒久不变，以雄浑的背景反映着我们，让我们能在一种极大的风格中深思，反观自己的内心。

在眼耳鼻舌身意里，我们要从哪一根才能进入智慧呢？从前，我们过分重视意识的思考和眼睛的见解，往往使我们忽视听闻外界与自己的声音，嗅及外界与自己的香气，肤触外界与自己的感觉等等，都同样能使我们进入智慧。

我们的观世音菩萨，他正是由耳根进入智慧之门，他的“耳根圆通法门”深深地感动我。观世音菩萨在《楞严经》里说：“我从闻思修，入三摩地。初于闻中，入流亡所。所入既寂，动静二相，了然不生。如是渐增，闻所闻尽，尽闻不住。觉所觉空，空觉极圆。空所空灭，生灭既灭。寂灭现前，忽然超越世出世间。十方圆明，获二殊胜：一者，上合十方诸佛本觉妙心，与佛如来同一慈力。二者，下合十方一切六道众生，与诸众生同一悲仰。”观世音菩萨从闻声、思维、修证，进入空性与觉性浑然一体至极圆明的境界，最后甚至超越世间与出世间所有的境界，使他体证到自己的本性和佛一样，具有大慈大能，也使他体会到六道众生的心虑，而与一切众生同样有慧心的仰止。这从声音来的最高境界，是多么动人！

那从许多地方录下来的声音，不只是心的洗涤，有时真能令我们体会到空明的觉性，知道佛的慈力与众生的悲仰，当我们在最普通的声音中听见了觉性的空明，会使我们的心流下清明与感恩的眼泪。

月光下的喇叭手

冬夜寒凉的街心，我遇见一位喇叭手。

那时月亮很明，冷冷的月光斜落在他的身躯上，他的影子诡异地往街边拉长出去。街很空旷，我自街口走去，他从望不见底的街头走来，我们原也会像路人一般擦身而过，可是不知道为什么，那条大街竟被他孤单落寞的影子紧紧塞满，容不得我们擦身。

霎时间，我觉得非常神秘，为什么一个平常人的影子在凌晨时仿佛一张网，塞得街都满了，我惊奇地不由自主地站定，定定看着他缓缓步来，他的脚步零乱颠踬，像是有点醉了，他手中提的好像是一瓶酒。他一步一步逼近，在清冷的月色中我看清，他手中提的原来是一把伸缩喇叭。

我触电般一惊，他手中的伸缩喇叭的造型像极了一条被刺伤而惊怒的眼镜蛇，它的身躯盘卷扭曲，它充满了悲愤的两颊扁平地亢张，好像随时要吐出 fu—fu—的声音。

喇叭精亮的色泽也颓落成蛇身花纹一般，斑驳锈黄色的音管有许多伤痕、凹凹扭扭。缘着喇叭上去是握着喇叭的手，血管纠结。

缘着手上去我便明白地看见了塞满整条街的老人的脸。他两鬓的白在路灯下反射成点点星光，穿着一袭宝蓝色滚白边的制服，大盖帽缩皱地贴在他的头上，帽徽是一只振翅欲飞的老鹰——他真像一个打完仗的兵士，拖着一把还在滴着血的军刀。

突然一阵汽车喇叭的声音，汽车从我的背后来，强猛的光使老人不得不举起喇叭护着眼睛。他放下喇叭时才看见站在路边的我，从干瘪的唇边迸出一丝善意的笑。

在凌晨的夜的小街，我们便那样相逢。

老人吐着冲天的酒气告诉我，他今天下午送完葬后分到两百元，忍不住跑到小摊去灌了几瓶老酒，他说："几天没喝酒，骨头都软了。"他翻来翻去从裤口袋中找到一张百元大钞，"再去喝两杯，老弟！"他的语句中有一种神奇的口令似的魔力，我为了争取请那一场酒费了很大的力气，最后，老人粗声地欣然答应："就这么说定了，俺陪你喝两杯，俺唱首歌送你。"

我们走了很长的黑夜的路，才找到隐没在街角的小摊，他把喇叭倒盖在油污的桌子上，肥胖浑圆的店主人操一口广东口音，与老人的清瘦形成很强烈的对比。老人豪气地说："广东，山东，俺们是半个老乡哩！"店主惊奇笑问，老人说："都有个'东'字哩！"我在六十烛光的灯泡下注视老人，不知道为什么，竟在他平整的双眉跳脱出来的几根特别灰白的长眉毛上，看出一点忧郁了。

十余年来，老人干上送葬的行列，用骊歌为永眠的人铺一条通往未知的道路，他用的是同一把伸缩喇叭，喇叭凹了，锈了，而在喇叭的凹锈中，不知道有多少生命被吹送了出去。老人诉说着不同的种种送葬仪式，他说到在披麻衣的人群里每个人竟会有完全不同的情绪时，不觉仰天笑了:“人到底免不了一死，喇叭一响，英雄豪杰都一样。”

我告诉老人，在我们乡下，送葬的喇叭手人称“罗汉脚”，他们时常蹲聚在榕树下磕牙，等待人死的讯息，老人点点头:“能抓住罗汉的脚也不错。”然后老人感喟地认为在中国，送葬是一式一样的，大部分人一辈子没有听过音乐演奏，一直到死时才赢得一生努力的荣光，听一场音乐会。“有一天我也会死，我可是听多了。”

借着几分酒意，老人和我谈起他飘零的过去。老人出生在山东的一个小县城里，家里有一片望不到边的大豆田，他年幼的时代便在大豆田中放风筝、捉田鼠、看春风吹来时田边绽放出嫩黄色小野花，天永远蓝得透明。风雪来时，他们围在温暖的小火炉边取暖，听着戴毡帽的老祖父一遍又一遍地说着永无休止的故事。他的童年里有故事、有风声、有雪色、有贴在门楣上等待新年的红纸、有数不完的在三合屋围成的庭院中追逐不尽的笑语……

“二十四岁那年，俺从田里回家，一部军用卡车停在路边，两个中年汉子把俺抓到车上，连锄头都来不及放下，俺害怕地哭着，车子往不知名的路上开走……他奶奶地！”老人从车的小窗中看他的故乡远去，远远地去了，那部车丢下他的童年，他的大豆田，还有他老祖父终于休止的故事。他的眼泪落在车板上，四周的人漠然地看着他，一直到他的眼泪流干；下了车，竟是一片大漠黄沙不复记忆。

他辗转地到了海岛，天仍是蓝的，稻子从绿油油的茎中吐出他故乡嫩黄野花的金黄，他穿上戎装，荷枪东奔西走，找不到落脚的地方，“俺是想着故乡的啦！”渐渐地，连故乡都不敢想了。有时梦里活蹦乱跳地跳出故乡，他正在房间里要掀开新娘的盖头，锣声响鼓声闹，“俺以为这一回一定是真的，睁开眼睛还是假的，常常流一身冷汗。”

老人的故乡在酒杯里转来转去，他端起杯来一口仰尽一杯高粱酒。三十年过去了，“俺的儿子说不定娶媳妇了。”老人走的时候，他的妻正怀着六个月的身孕，烧好晚餐倚在门上等待他回家，他连一声再见都来不及对她说。老人酗酒的习惯便是在想念他的妻到不能自拔的时候养成的。三十年的戎马真是倥偬，故乡在枪眼中成为一个名词，那个名词简单，简单到没有任何一本书能说完，老人的书才掀开一页，一转身，书不见了，到处都是烽烟，泪眼苍茫。

当我告诉老人，我们是同乡时，他几乎泼翻凑在口上的酒，几乎是发疯一般地抓紧我的手，问到故乡的种种情状，我说：“我连大豆田都没看过。”老人松开手，长叹一声，因为醉酒，眼都红了。

“故乡真不是好东西，看过也发愁，没看过也发愁。”

“故乡是好东西，发愁不是好东西。”我说。

退伍的时候，老人想要找一个工作，他不识字，只好到处打零工，有一个朋友告诉他，“去吹喇叭吧，很轻松，每天都有人死。”他于是每天拿只喇叭在乐队装着个样子，装着，装着，竟也会吹起一些离别伤愁的曲子。在连续不断的骊歌里，老人颤音的乡愁反而被消磨尽了。每天陪不同的人走进墓地，究竟是一种什么滋味呢？老人说是酒的滋味，醉酒吐了一地的滋味，我不敢想。

我们都有些醉了，老人一路上吹着他的喇叭回家，那是凌晨三点至静的台北，偶有一辆疾驶的汽车呼呼驰过，老人吹奏的骊歌变得特别悠长凄楚，喇叭哇哇的长音在空中流荡，流向一些不知道的虚空，声音在这时是多么无力，很快地被四面八方的夜风吹散，总有一丝要流到故乡去的吧！我想着。

向老人借过伸缩喇叭，我也学他高高把头仰起，喇叭说出一首年轻人正在流行的曲子：

我们隔着迢遥的山河
去看望祖国的土地
你用你的足迹
我用我游子的乡愁
你对我说
古老的中国没有乡愁
乡愁是给没有家的人
少年的中国也没有乡愁
乡愁是给不回家的人

老人非常喜欢那首曲子，然后他便在我们步行回他万华住处的路上用心地学着曲子，他的音对了，可是不是吹得太急，就是吹得太缓。我一句句地对他解释了那首歌，那歌竟好像是为我和老人写的，他听得出神，使我分不清他的足迹和我的乡愁。老人专注地不断地吹这首曲子，一次比一次温柔，充满感情。他的腮鼓动着，像一只老鸟在巢中无助地鼓动翅翼，声调却正像一首骊歌，等他停的时候，眼里赫然都是泪水，他说："用力太猛了，太猛了。"然后靠在我的肩上呜呜地哭起来。我耳边却在老人的哭声中听到大豆田上呼呼的风声。

我也忘记我们后来怎么走到老人的家门口，他站直立正，万分慎重地对我说："我再吹一次这首歌，你唱，唱完了，我们就回家。"

唱到"古老的中国没有乡愁，乡愁是给没有家的人，少年的中国也没有乡愁，乡愁是给不回家的人"的时候，我的声音喑哑了，再也唱不下去，我们站在老人的家门口，竟是没有家一样地唱着骊歌，愈唱愈遥远。我们是真的喝醉了，醉到连想故乡都要掉泪。

老人的心中永远记得他掀开盖头的新娘的面容，而那新娘已是个鬓发飞霜的老太婆了，时光在一次一次的骊歌中走去，冷然无情地走去。

告别老人，我无助软弱地步行回家，我的酒这时全醒了，脑中充塞着中国近代史一页沧桑的伤口，老人是那个伤口凝结成的疤，像吃剩的葡萄藤，五颜六色无助地掉落在万华的一条巷子里，他永远也说不清大豆和历史的关系，他永远也不知道老祖父的骊歌是哪一个乐团吹奏的。

故乡真的远了，故乡真的远了吗？

我一直在夜里走到天亮，看到一轮金光乱射的太阳从两幢大楼的夹缝中向天空蹦跃出来，有另一群老人穿着雪白的运动衫在路的一边做早操，到处是人从黎明起开始蠕动的姿势，到处是人们开门拉窗的声音，阳光从每一个窗子射进。

不知道为什么，我老是惦记着老人和他的喇叭，分手以后我再也没有见过他。每次在街上遇到送葬的行列，我总是寻找着老人的面影；每次在凌晨的夜里步行，老人的脸与泪便毫不留情地占据我。最坏的是，我醉酒的时候，总要唱起："我们隔着迢遥的山河，去看望祖国的土地，你用你的足迹，我用我游子的乡愁。你对我说，古老的中国没有乡愁，乡愁是给没有家的人；少年的中国也没有乡愁，乡愁是给不回家的人。"然后我知道，可能这一生再也看不到老人了。但是他被卡车载走以后的一段历史却成为我生命的刺青，一针一针地刺出我的血珠来。他的生命是伸缩喇叭凹凹扭扭的最后一个长音。

在冬夜寒凉的街心，我遇见一位喇叭手。春天来了，他还是站在那个寒凉的街心，孤零零地站着，没有形状，却充塞了整条街。

风从哪里来

在《景德传灯录》里记载，六祖慧能在南方避难很多年后，有一天来到南海法性寺，晚上就在走廊上打地铺。突然吹来阵阵夜风，把寺庙里的刹幡吹得喇喇作响，有两名和尚看见了就争论起来。

一个说是“风动”，另一个说是“幡动”，争了半天没有结果，六祖看他们争得满头大汗，就说道:“风幡非动，动自心耳！”

寺里的方丈印宗法师听见了，大吃一惊，请他到方丈室，问取风幡之意，知道慧能是非常人。一问之下，才知道六祖在眼前，立即执弟子之礼，请授禅要，六祖的禅风就从这时起大为兴盛。

“风幡非动，动自心耳！”也有许多经书写成:“不是风动，不是幡动，是仁者心动！”译成白话则是:“动的不是风，也不是幡，而是我们的心啊！”

这个故事非常有趣，因为对眼睛而言，看到旗子动是一种“真的现象”，而使旗子动的因是风，风却是不可见的，风如果不动，旗子也不会动，旗子如果不动，眼睛不会随之而动，而驱使眼睛去看的根源则是心呀！

如此追究起来，动相都是虚幻不实的，它随着因缘变灭，缘起时动了，缘灭时就静了，并没有一个实体。所以并不是说风不动或幡不动，而是在风与幡飞扬的时候，唯有不动的心可以检验它，如果心随着动起来，就会随风、随幡而散乱了。

为什么不是风动，不是幡动，而是心动?

因为风是非常柔软的，幡也是非常柔软的，但是有一个东西比这两者更柔软，就是自己的心。心如果柔软，就可以简单地检视风的动或幡的动，心如果刚强不清明，看到风动就是风在动，看到幡动就是旗子在动，就不能保有觉性了。

在佛经里，经常用到"风"的意象，例如佛经里说道，宇宙的四大元素:地、水、火、风，各具有坚、湿、暖、动之相，凡是有动相，都是风。人身也是由地、水、火、风所合成，人的出入息和身体的转动都叫作风。

这种意象最有名的就是"八风"，八风又叫"八法""八世风":一、利:利乃利益，凡有益于我，皆称为利。二、衰:衰即衰灭，凡有减损于我，皆称为衰。三、毁:毁即毁谤，因恶其人，构合异语，而讪谤之。四、誉:誉即赞誉，因喜其人，以善言赞誉。五、称:称即称道，因推重其人，在众中称道其善。六、讥:讥即讥诽，因恶其人，本无其事，妄为实有，对众明说。七、苦:苦即逼迫的意思，是说遇到恶缘恶境，身心受其逼迫。八、乐:乐即欢悦的意思，是说遇到好缘好境，身心皆得欢悦。

这八种法因为能牵动我们的爱憎、“煽动”人心，所以叫作八风。一般凡夫不能免于被八风吹动，甚至倾倒，唯有安住正法，不为八风所惑乱的人，才可以做到“八风吹不动”。

我们的身心只是一面幡旗，在利衰毁誉称讥苦乐加身的时候，我们就随之飘动了，并且只要有风，我们的飘动就永远无止期。那么，风从哪里来？风是从无始劫以前的生死吹来的，叫作“业风”。《大乘义章》里说：“业力如风，善业风故，吹诸众生好处受乐。恶业风故，吹诸众生恶处受苦。”以风譬喻业力，且说众生因善恶业力漂流在生死的大海中，就像风吹枯叶或船舶一样。当业风吹的时候，我们不能阻止风，只有从心来止息，使心不动，那么，“于苦不倾动，于乐不染着”，不管吹来的是什么风，也都不要紧了。

宇宙的风是永远不会停息的，它从很远很远的地方吹来，吹向很远很远的地方去。此刻我被吹着了，让我坦然地迎向风，用一种无为的姿势。这使我想到日本密教祖师空海大师的两句动人的话：

不要制止风，愿将此身化为风。
不要制止雨，愿将此身化为雨。

呀！无所从来，亦无所去，是名如来！

金玉·财富·田

绑架台中市初中女生林晓芳的四名歹徒，被法院判处死刑，虽仍有一名在逃亡之中，被捕之后死刑也不可免。

看到这四名歹徒的罪行，一般人都心知其必死，但当死刑宣判之后，心里却有很深的感慨和悲悯。

原因是，这四个共同绑架人的竟是四兄弟，廖金田、廖金玉、廖金财、廖金富，他们都正当年轻力壮之时（年龄在二十五岁到三十七岁之间），在被处死刑之后，他们的父母亲友会如何的悲怆呢？他们原有五兄弟，将来只剩下唯一的弟弟走孤独的人生之路，真是情何以堪？

我们这个社会上为非作歹的人不在少数，被处死刑的人也所在多有，可是四个兄弟同时犯同一案件，同年同月同日死的，到底是非常罕见的。我曾想到一句古话："兄弟同心，其利断金。"如果四个年轻力壮的兄弟愿意同心努力发展事业，在谋生容易的台湾，要挣到一千万的财富并不是多么艰难的事。

不要说一千万那么大的数目，如果肯安分守己地过日子，每个月合起来赚个十万元绝对不成问题，兄友弟恭、孝养父母，则幸福的生活是唾手可得的。如今，因为金田、金财一时生起贪念，拖兄弟下水，竟落得这样的下场，思之，令人感到无限悲戚。

从名字看起来，廖家父母对儿子的期待非常明显，四兄弟的名字合起来是金玉满堂、财富盈田。对于平凡的乡下父母，无不希望自己的子孙拥有财富，问题是，金玉、财富、田宅唯努力工作者得之，不义的人即使一时侥幸得到财富，最后也会耗尽，落得悲惨的下场。

我时常觉得，财富如果成为社会价值的衡量标准，那么这个社会就尚未迈入文明的道路，因为在这个世界上所有最好的东西全是财富买不到的，譬如说父子之间的慈孝，兄弟之间的友爱，乃至于爱情、友谊、义气、平安、快乐，也都是财富无能为力的。

所以，我们期许子孙的时候，希望他们能“金玉满堂、财富盈田”之外，应该让他们知道人生的价值有甚于此者，这样才不会被财富蒙蔽了眼睛，奔波于生死道上。

苏菲修行者有一个寓言，可以让我们沉思财富之为何物：

从前有一个有钱人，非常有钱却非常不快乐，他经常想：“一个人很有钱却很不快乐，一定是一种疾病了。”于是他希望寻找一种药方来治疗自己的病。

这位富人去请教一位智者说：“我很有钱却很不快乐，我相信这是一种疾病，请问您可不可以开一种药方，让我快乐。”

智者说：“你这种病只有唯一的药方，就是去寻找这个世界上最快乐的人，借他的衬衫来穿，只要穿一下，你的病就好了。”

富人于是启程去寻找这世界上最快乐的人，他每遇到人就问一个问题：“请问，您是这世界上最快乐的人吗？”这时他发现大部分的人都和他一样不快乐。只有很少数的人表示自己快乐，但他们总是说：“我虽然快乐，但是我相信还有比我更快乐的人。”

富人寻找了很多年，走过千万里，总找不到“世界上最快乐的人”，有一天他走到一个树林旁边，附近的人都告诉他：“树林里住了一个世界上最快乐的人。”

他迫不及待地冲进树林，果然看到一位面目欣喜的人，安详地坐在地上，他问：“听说您是世界上最快乐的人？”

那位欣喜的人说：“是的，我是这世界上最快乐的人。”

“拜托您，我得了一种病，很有钱却很不快乐，有一位智者告诉我一个药方，就是借您的衬衫穿一下，我的病就会好了，请您赶快把衬衫脱下来借我！”

世界上最快乐的人突然哈哈大笑说：“请你睁开眼睛看看，我是从来不穿衬衫的呀！”

富人当场大悟，立刻把自己的衬衫脱下来，追随那最快乐的人住在林中。

——传说，从此这个世界上有了两个最快乐的人。

这个故事原典出于苏菲修行者，它有很深的寓意，启示我们，唯有一个人能不染于财富的拥有，方能得到真实的快乐。

生命的快乐不在财富，这是非常重要的教育观点，特别是在重商、重财富的资本社会中，如果我们能让人人有这样的体会，说不定像廖家四兄弟这样的悲剧就可以减少发生。

布施，是菩萨净土

一

有人向我问起布施的事。

我说：布施就像泡茶一样，我们泡茶请客的时候，往往随手抓一把茶叶丢进去，不会算一茶壶共用几片茶叶。

一把茶叶的组成，是一片一片的茶叶，每一片茶叶看来都那样渺小，但一壶茶水里，每片茶叶都有芳香，不管泡多泡少，倒多少杯，每一杯茶里都有每一片茶叶的芳香。

布施也是这样，有时候我们把一片茶叶丢进一壶茶，虽然那么小的一片，与许多富有的人不能相比，但也只是如此小的一片，就盈满了整壶茶。当别人在泡大壶茶的时候，别忘了丢一片茶叶进去，如果有能力，丢两三片更好；如果更有能力，抓一把丢进去也无妨。从最小的一片茶叶做起，这是为什么佛教里说“随喜功德”，而不说“拼命功德”的原因了。布施，正是从随喜开始。

二

有人问我，布施的时候偶尔会想到回报的问题，该怎么办？

我说："我们可以来做一个实验。"找一盆水和一杯蜂蜜，将蜂蜜倒入水里，搅拌均匀，然后想办法把蜂蜜从水中捞起来，试问这样可以做到吗？那人说："当然是做不到了，溶化的蜂蜜怎么可能取回呢？"

是的，一个人行布施正是如此，是把蜂蜜加入水中搅拌，一直到中边皆甜，端给别人喝，然后忘记蜂蜜是自己的，忘记蜂蜜的存在，乃至忘记喝掉那杯蜜水的人，这三重的不记，就是佛法说的"三轮体空"。因而布施的人要有放下的态度，要有随缘的心，在时空因缘中，我们随缘地把自己有的也分给别人，那是使这世界因缘善的循环的开始。我们随缘的布施，永远有利息在人间。

三

有人对我说，我们的人生这么有限，我们的能力这么渺小，布施出去的那一点点，真的对别人有用吗？

我说："那我们应该学习看山看海。"最高的山，它不是独自存在，也是由土石形成的，山里的一块石头、一把沙看起来不重要，但在许多关键时刻，掉了一块石头，山就可能崩了。最广的海，它不是虚幻所成，也是由一滴一滴的水组成，一滴水或者不多，很多滴水可能就会成为排山而来的波浪。山水是由渺小与有限组成的，高大无边的功德之山，也是由渺小有限的功德组成的。每一个渺小有限的布施，都非常有用。让我们来学习做一点布施吧！随意一些，人人都可以用小石小沙堆成一座高山。

四

有人布施时有挣扎，担心布施被人骗了，甚至担心街头的乞丐都是假冒的，想布施担心受骗，不布施则于心有愧，怎么办？

我说，布施重要的虽然是财物，但有比财物远为重要的东西，就是心，心里生起布施的一念，那时心就柔软了，慈悲了，处在清净之中了。这种受惠，是财物所无法衡量的。

《维摩诘经》里说："布施，是菩萨净土。"正是这个意思，不要担心受骗，也用不着挣扎，在布施的那一刻，最受益的就是自己了。

常行布施的人，常处于清净之中；常行布施的人，心常觉醒而温柔；常行布施的人，是世上最有福报的人。

让我们常行布施吧！让我们的心常常处于净土吧！

飞翔的木棉子

开车从光复南路经过，一路的木棉正盛开，火燃烧了一样，再转罗斯福路、仁爱路、复兴南路、中山北路，都是正向天空招扬的木棉花，每年到这个时候，都市人就知道春天来了，也能感觉到台北不是完全没有颜色的都市。

如果是散步，总会忍不住站在木棉树下张望，或者弯下腰，捡拾几朵刚落下的木棉花，它的姿形与色泽都还如新，却从树上落下了，仿佛又坠落一个春天，夏的脚步向前跨过一步。木棉花落下的声音比任何花都大，啪嗒作响，有时真能震动人的心灵，尤其是在都市比较寂静的正午时分，可以非常清晰地听见一朵木棉花离枝、破风、落地的响声，如果心地足够沉静，连它落下滚动的声息都明晰可闻。

但都市木棉花的落地远不如在乡下听来可惊，因为都市之木棉花不会结子是人人都知道而习惯了，因此看到满地木棉花也不觉稀奇。在我生长的南部乡下，每一朵木棉花都会结果，落下的木棉花就显得可惊。

有一次，我住在亲戚家里，亲戚家院里长了两株高大的木棉，春雷响后，木棉开满橙红的花，那种动人的景观只有整群燕子停在电线上差堪比拟。但到了夜半，坐在厢房窗前读书，突然听见木棉花落，声震屋瓦，轰然作响，扯动人的心弦，为什么南方木棉花的落地会带来那么大的震动呢？

那是由于在南方，木棉花在开完后并不凋谢，而在树上结成一颗坚实的果子，到了盛夏，果子在阳光下噗然裂开。这时，木棉果里面的木棉子会哗然飞起，每一粒木棉子长得像小钢珠，拖着一丝白色棉花，往远方飞去，有些裂开时带着弹性之力，且借着风走的木棉子，可以飞到数里之遥，然后下种、抽芽，长成坚强伟岸的木棉树。这是为什么在乡下广大的田野，偶尔会看见一株孤零零的木棉树，那通常是越过几里村野的一颗小小木棉子，在那里落地生根的。所以，乡下木棉花落会引人叹息，因为它预示了有一朵花没有机会结子、飞翔、落种、成长，尤其当我们看到一朵完整美丽的花落下特别感到忧伤，会想到：这朵花为何落下，是失去了结子的心愿呢，还是沉溺自己的美丽而失去了力量？

这些都不可知，但我们看到城市落了满地的木棉花感到可怕，为什么整个城市美丽的木棉花，竟没有一朵结果？更可怕的是，大部分人都以为木棉花掉落是一种必然，甚至忘记这世界上有飞翔的木棉子。

是不是整个城市的木棉花都失去了结子与飞翔的心愿呢？有时候这种对自然的思考会使我感到迷惑，就在我们这块相连的岛屿，北回归线以南的壁虎叫声非常清澈响亮，以北的壁虎却都是哑巴；若以中央山脉为界，中央山脉以西的白头翁只只白头，以东的同一种鸟却没有白头的，被叫作乌头翁。我常常想，如果把南方会叫的壁虎带过北回归线，它还叫不叫？把西边的白头翁带过中央山脉，它的头白不白？

可惜没有人做过这种试验，使我们留下一些迷思，但有一个例子说不定可以给我们启示性的思考：在中央山脉走到尾端的恒春，由于没有中央山脉为界，同时生长着白头翁与乌头翁，白者自白、黑者自黑；还有沿着北回归线生长的壁虎，有会叫的也有哑巴的，嚣者自嚣、默者自默。那么，或黑或白、或叫嚣或沉默，是不是动物自己的心愿呢？或许是的。这个答案使我们对于都市木棉花的颜色从火的燃烧顿时跌入血的忧伤，它们是失去了结子的心愿还是对都市的生存环境做着无言的抗议呢？

当我有时开车经过木棉夹岸的道路，有些木棉花滚落到路中央，车子辗过仿佛听闻到霹雳之声，使人无端想起车轮下的木棉花，如果在南方，它会结出许许多多木棉子，每一粒都带着神奇的棉花翅膀，每一粒都饱孕着生命的力量，每一粒都怀抱着飞翔到远方的志愿……因为有了这些，每一次木棉花的开起，都如晨光预示了新的开始。都市里不能结子的木棉花，每一次开起，都宣告了一个春天即将落幕，像火红的一直坠入天际的晚霞。

有一天，我在仁爱路上拾起几朵新凋落的木棉花，捧在手上，还能感觉它在树上犹温的血，那一刻我想：一个人不管处在任何环境，都要坚持心灵深处的某些质地，因为有时生命的意义只在说明一些最初的坚持，放弃生命的坚持的人，到最后就如木棉一样，只有开花的心情，终将失去结子飞翔的愿力。

走向生命的大美

王国维在《人间词话》里曾经说到古今成大事业大学问的人必须经过三种境界：

第一种境界是“昨夜西风凋碧树，独上高楼，望尽天涯路”。意思是说有感性的胸怀，见到西风里凋零的碧树心有所感，在内心里有理想的抱负与对未来的追寻，虽有孤独与苍茫之感，但有远见，对生命有辽阔的视野。（这句出自宋朝晏殊的《蝶恋花》，原词是“槛菊愁烟兰泣露，罗幕轻寒，燕子双飞去。明月不谙离恨苦，斜光到晓穿朱户。　　昨夜西风凋碧树，独上高楼，望尽天涯路。欲寄彩笺兼尺素，山长水阔知何处？”）

第二种境界是“衣带渐宽终不悔，为伊消得人憔悴”。意思是说不只要有追寻理想的热情与勇气，还要有坚持、有执着，去实践自己所信奉的真理，即使人变瘦了、衣带变宽了，也能百折不悔。（这句出自宋朝诗人柳永的《凤栖梧》，原词是“伫倚危楼风细细，望极春愁，黯黯生天际。草色烟光残照里，无言谁会凭栏意。　　拟把疏狂图一醉，对酒当歌，强乐还无味。衣带渐宽终不悔，为伊消得人憔悴。”）

第三种境界是“众里寻他千百度，蓦然回首，那人却在灯火阑珊处”。意思是经过非常长久的努力追寻，饱受人生的沧桑，到后来猛然回首，那要追寻的却在自己走过的道路上，灯火阑珊的地方。（这句出自宋朝词人辛弃疾的《青玉案》,原词是“东风夜放花千树，更吹落，星如雨。宝马雕车香满路，风箫声动，玉壶光转，一夜鱼龙舞。　　蛾儿雪柳黄金缕，笑语盈盈暗香去。众里寻他千百度，蓦然回首，那人却在灯火阑珊处。”）

从前读《人间词话》读到人生的三种境界时，虽有感触，但不深刻，到最近几年，这三重境界之说时常在心中浮现，格外感受到王国维对生命的智见，他论的虽然是诗词、是事功、是人格，讲的实际上是人从凡夫之见超越的历程，到最后那种“众里寻他千百度，蓦然回首，那人却在灯火阑珊处”，简直是开悟的心境了，使我想起一首禅诗“终日寻春不见春，芒鞋踏破岭头云。归来偶遇梅花嗅，春在枝头已十分”，也不禁想到菩萨在人间留下一丝有情那样的心境。

一个人要“众里寻他千百度”，必然要经验人生的许多历程，而要“蓦然回首”则需要一种明觉,至于站在“灯火阑珊处”的那人，不是别人，而是一个原点，是那个“独上高楼，望尽天涯路”的自我呀！

诗人虽然出自情感与灵感来表达自我，但其中有一种明觉，或者与禅师不同，我相信那明觉之中有如同镜子一样澄明的开悟的心——这种历程，在某些作品里是历历可见的。

宋朝词人蒋捷曾有一首《虞美人》，很能看出这种提升的历程。

少年听雨歌楼上，红烛昏罗帐。
壮年听雨客舟中，江阔云低，断雁叫西风。

而今听雨僧庐下，鬓已星星也。
悲欢离合总无情，一任阶前，点滴到天明。

在僧庐下听雨的白发诗人，体会到人世悲欢离合的无情就像阶前的雨一样错落无常，心境上是有一种悟境的，与禅心不同的是，禅心以智为灯芯，诗人则以美作为点燃，这是为什么我们读到李贺“天若有情天亦老”之句，要为之低回不已了。或者读到龚自珍的“落红不是无情物，化作春泥更护花”要为之三叹了。

一个好的开悟的境界，或者崇高的人格与事功，都不是无情的，它是一种经过净化的有情的心，这种经过净化的有情，我们可以称之为“觉有情”，有如道绰大师说的，就像天鹅在水中悠游，沾水而羽毛不湿。

好的文学、优美的诗歌，无不是在“有情中有觉”，创作者既提升了自我的情感经验，也借以转化、溶解成人人都能提升的情感经验，来唤醒大众内在的感觉的呼声。这是为什么历来伟大的禅师在开悟之际都会写下诗歌，而开悟之后，有许多禅师也往往以诗歌示教，在佛教最有名的是六祖慧能，传说他不识字，但读他的作品《六祖坛经》竟有如诗偈一样。在密宗最著名的是密勒日巴，传说他留传的诗歌竟有数万首之多。

寒山、拾得不也是这样吗？他们是山野里的隐士，却也忍不住把自己的心境写在山间石壁，幸好有人抄录才不致失传。但是，我也不禁想到，以寒山、拾得的诗才，写诗的那种劲道，一定有更多的诗隐于石上、壁上，与草木同朽，后人无缘得见了。

为什么悟道者爱写诗呢？原因何在？我想最根本处是，禅学或佛教是一种美，在人生中提升美的体验，使一个人智慧有美、慈悲有美、生活有美，语默动静无一不美，那才是走向佛道之路。

失去了美，佛道对人生还有什么价值呢？

唯有心性的绝美，才使人能洗涤贪嗔痴慢疑五毒；也唯有绝美的心，才能面对、提升、跨越人生深切的痛苦。

因此，道是美，而走向道的心情是一种诗情，诗情与道情转折的驿站则是“觉”。

菩萨所以叫“觉有情”，是因为菩萨从来没有失去感性的怀抱，与凡夫不同的是，他在有情中不失觉悟的心。

菩萨所以个个心性皆美，长相也无不庄严到达极致，则是启示了我们，美是无比重要的，最深刻的美则是来自有情的锤炼。

即使是佛，十方诸佛都是“相好庄严”，经典里说到佛之美，有“三十二相，八十种好”之说，因此，佛的相、佛的心，都是绝美。

了解到佛道的追求是生命完美的追求，我模仿王国维之说，凡是古今走向“觉有情”之道者，也必经三种境界：

第一种境界是“笑渐不闻声渐悄，多情却被无情恼”。（语出苏东坡《蝶恋花》）

第二种境界是“我见青山多妩媚，料青山见我应如是。情与貌，略相似”。（语出辛弃疾《贺新郎》）

第三种境界是“千锤万凿出深山，烈火焚烧若等闲。粉骨碎身浑不怕，要留清白在人间”。（语出于谦《石灰吟》）

真正觉有情的菩萨，全是多情的种子，他们在无情的业障人世之中，因烦恼生起菩提之心。然后体会到一切有情都会被无情所恼，思有以解脱，心性与眼界大开，看到世间的美与苦难是并存的，正如青山与我并无分别。最后宁可再跃入有情的洪炉，不畏任何障碍，为了留一点清白在人间。

一个人人格境界的确立正是如此，是在有情中打滚、提炼，终至永葆明觉，观照世间，那时才知道什么叫作“蓦然回首”了。唯有清明的心，才体验到什么是真实的美。唯有不断的觉悟，才使体验到的美更深刻、广大、雄浑。也唯有无上正觉的人，才能迈向生命的大美、至美、完美与绝美呀！

明珠一颗

海岸上最宁静的是什么时刻？如果你这样问我，我会说："是太阳要从海上跃起之前。"

那时，整个海上，海面的雾、海上的潮、海中的鱼；整个山边，山间的露、山顶的烟岚、山里的鸟：全部都静默下来，期待着迎接最初的阳光，只有微微的风在流浪着，但风也是无声。

每天太阳的升起，可以说是海岸的盛典，大家屏息静气地等着太阳，我也不敢大口呼吸。然后，云开始奔跑、鸟开始歌唱、鱼跳出水面、雾流动、浪拍岸，阳光转轮一般，从海面跳跃出来，伸出亿万根手指，抚摸热烈期待它的大地与海，温柔、平等，而且无边。

我心里的一首诗随阳光跳出："我有明珠一颗，久被尘劳关锁。一朝尘尽光生，照破山河万朵。"

海上初升的太阳，确实是和心一起跃动的，带给我们一些期待、温暖，还有光明的启示。如果一个人常看太阳自海面升起，有一天，心里的太阳一定会升起。

著作权合同登记号　图字：01-2018-5673

图书在版编目（CIP）数据

把烦恼写在沙滩上 / 林清玄著 . - 北京：北京十月文艺出版社，2020.2
ISBN 978-7-5302-1955-3

Ⅰ . ①把… Ⅱ . ①林… Ⅲ . ①散文集—中国—当代 Ⅳ . ① I267

中国版本图书馆 CIP 数据核字（2019）第 104193 号

本著作物经北京阅享国际文化传媒有限公司代理，由九歌出版社有限公司授权，在中国大陆出版、发行中文简体字版本。

把烦恼写在沙滩上
BA FANNAO XIEZAI SHATAN SHANG
林清玄 著

出　版　北京出版集团公司
　　　　北京十月文艺出版社
地　址　北京北三环中路 6 号
邮　编　100120
网　址　www.bph.com.cn
发　行　新经典发行有限公司
　　　　电话 (010)68423599　邮箱 editor@readinglife.com
经　销　新华书店
印　刷　山东鸿君杰文化发展有限公司
版　次　2020 年 2 月第 1 版
　　　　2020 年 2 月第 1 次印刷
开　本　850 毫米 ×1168 毫米 1/32
印　张　9
字　数　201 千字
书　号　978-7-5302-1955-3
定　价　58.00 元
质量监督电话　010-58572393
如有印装质量问题，由本社负责调换